ryuoh
の
14
白鳥士郎
イラスト しらび
監修 西遊棋

俺たちは師匠の家に来ていた
銀子ちゃんの、四段昇段の報告のために

それからもう一つ――
二人にとって大事な報告をするために

「今日は将棋を忘れて、
あいが師匠を一日
レンタルしちゃいます！」

帝位戦第三局の翌日。
俺とあいは二人で金沢に残り、
一日観光をすることにした。

《浪速の白雪姫》
プロデビュー戦！
空銀子新四段

祭神雷女流帝位

目次

著者	白鳥士郎	作品名	りゅうおうのおしごと！14
イラスト	しらび	監修	西遊棋

総ページ数	発行所	発行年月日
352ージ	SBクリエイティブ	2021年2月28日

迄352ページにて
りゅうおうのおしごと！　第14巻ぜんぶ

GA文庫

りゅうおうのおしごと！ 14

白鳥士郎

GA文庫

夜叉神天衣（やしゃじんあい）

八一の二番弟子。両親の母校である東京の大学を訪問。銀杏並木を歩き、生協で赤門湯飲みを買って帰る。

供御飯万智（くぐいまち）

山城桜花。観戦記者としての顔も持つ。東京へ行くことを「東下り」と表現する京都人。でも寿司は江戸前が好き。

清滝桂香（きよたきけいか）

八一の師匠の娘。高校の卒業旅行で親友たちと初めて東京へ。コンビニおにぎりが味付け海苔でないことに衝撃を受ける。

釈迦堂里奈（しゃかんどりな）

女流名跡。●十年前、内弟子になるため鎌倉から上京。竹の子族に憧れ、将棋で稼いだお金で原宿に店をオープンした。

登場人物紹介

九頭竜八一（くずりゅうやいち）

竜王。初上京は小学生名人戦のテレビ収録。ハチ公前で撮った写真を姉弟子に見せびらかし、破られた。

空銀子（そらぎんこ）

八一の姉弟子にして女性初のプロ棋士。弟弟子が行った翌年、念願のハチ公と記念撮影。今でも上京すると会いに行く。

雛鶴あい（ひなつる）

八一の弟子。東京での対局前はＪＳ研のみんなと行った鳩森神社に欠かさずお参り。富士塚の頂上で勝利を誓う。

☗プロローグ　あい

『序盤の精度が上がったね。何かあったのかな？』

　モニター越しに笑顔を浮かべるその人たちとは、これが二回目の研究会だった。

　最初に連絡をいただいた時は何かの冗談や成りすましかと思ったけど……将棋を指せば、相手が本物だとすぐわかった。

　それでもこうやって通話アプリを使った感想戦でお顔を拝見すると、緊張して上手く言葉が出てこない……。

『前回は序盤で突き放せばそれで終わりだったけど、今の対局は思ったより序盤で差が付かなかった。ソフトを使った勉強を始めたのかな？　ふふ……小学生は成長が早いね！　八一クンがキミを大切にするの、わかるな』

　けど、代わりに中盤で強引に引き離されてしまった。

　地力の差。

　わたしの知らない手筋がいくつもあった。繰り出される多彩な技に絡め取られて、いつのまにか、思い描く構想とは全く違う局面に誘導されて……。

『そう。中盤でキミの指し手は空中分解してしまったね。そのせいで、得意の終盤に入る前に将棋が終わってしまった。ソフトの示す戦法を使いこなすには、まだまだ形勢判断の正確性が足りない。これはボクの想像だけど……師匠からはソフトの使用を禁止されてるんじゃないのかな？』

「っ……！」

図星を突かれて、わたしは唇を噛（か）む。

『ふふ。師匠の言いつけを破るなんて……悪い子だね？』

画面越しにも動揺が伝わったようで、相手はクスクスと笑いながら、

『八一クンは意地悪で言ってるんじゃない。むしろそれは親心だよ。用心したほうがいい……キミが足を踏み入れる女流名跡（じょりゅうみょうせき）リーグは、借りものの知識が通用する相手は一人もいないから。珠代（たまよ）クンを含めて、ね？』

わたしの焦（あせ）りなんか、この人にはお見通し。

開幕を間近に控えた女流名跡リーグは、釈迦堂里奈（しゃかんどうりな）女流名跡への挑戦者を決めるためのリーグ戦。

定員は九名。そのうち四名が降級によって毎年入れ替わる苛酷なリーグ戦で、かつては『女流A級リーグ』と呼ばれた。そこに入れるのは、一流の証（あかし）。

わたしより弱い人なんていない。みんな格上ばかりで、相手の棋譜（きふ）を研究すればするほど絶望的な気持ちになる……けど、勝たなくちゃいけないの！

師匠と一緒に交わした、両親との約束を果たすためにも――

『格上と当たれるなんて最高だね』

……え？

強い人と当たることが……最高？　それって、どういう……？

『強い相手なら負けたって当然。プレッシャーはないし、思い切って当たるだけだからむしろ実力以上のものが出せる』

それはわかる。わたしはいつもそうだから。

『むしろ周囲から「勝って当然」と思われる相手と当たった時のほうが……ね。アマチュアの頃は伸び伸び指せたのに、プロや女流になった瞬間に輝きを失う人が多いのはそういうことさ。ボクもデビュー戦でそのプレッシャーに押し潰されてしまったから』

強くなった先に待っている地獄を、その人は語った。

最近までアマチュアだったわたしには想像もできない世界のことを。

『おかげでA級棋士になっても、タイトルに挑戦しても、未だに言われるんだ。嘲りを含んだ声でね。勝てば勝つほどその声は大きくなるんだ』

いつも笑顔を浮かべるその人の表情に初めて暗い影が落ちる。ハンサムな白い顔に刻み込まれた醜い傷跡が見えた気がして、わたしは息を飲む。

プロ入りから二十年以上がたっても傷が癒えていないことを、その表情が教えてくれた。

『デビュー戦で――――に負けたプロ棋士って』

☖　プロローグ　天衣

久しぶりに訪れた千駄ケ谷の将棋会館は異様な空気に支配されていた。

「…………本当に…………保持するの？　理事会……横暴…………」

「今日の記者会見で…………話が違う…………」

建物の至る所でヒソヒソと噂話が交わされている。対局室の中ですらもお喋りに興じる女流棋士たちを、私は冷めた目で眺めていた。

今日、私がここで指すのは『女流玉座』の本戦。空銀子がプロになったため、女王と共に空位となったタイトルだ。

無敗の白雪姫が消えたことで、最初は誰もが色めき立った。千載一遇のチャンスだと。

けれどここに来て別の話が持ち上がっていた。動揺の理由は、それだ。

「……そんなこと、勝ってから心配すればいいのに」

吐き捨てるようにそう呟くと、私は下座に着いて相手を待つ。

しかし定刻の十時になっても上座は空のままだった。関係者が慌ただしくなってきた頃……ようやくそいつは、姿を現す。

規程によって遅刻した時間の三倍を持ち時間から引かれると、もうそいつの持ち時間はほとんど残っていない。

対局前から圧倒的に有利となった私は、しかし気を抜かずに、対局開始の挨拶をする。

「よろしくお願いします」

返事はない。別に構わない。

今日の相手は奇行が多いことで有名だった。

ここ最近はそんな奇行も鳴りを潜めている……なんて言われてたけど、それはどうやら違うらしいってことが、関東に来てみてわかったわ。

ヤバくなくなったんじゃない。

あまりにもヤバくなりすぎたから表に出さないようにした。これが正解。

いいいいいいいいいいいいいいいいいいいい
瞳孔のカッぴらいた、焦点の定まらない目。振り子みたいに左右に揺れ続ける上半身。人差し指一本でド素人みたいに駒を動かす手つき……どれも女流タイトル保持者に相応しい振る舞いとは思えなかった。怒りよりも憐憫の情が湧いて、私は呟く。

「哀しいわね……これが昔、師匠とVSやってた女の末路とは」

その言葉で動きがピタリと止まり、相手の目が初めて焦点を結ぶ。眼球に私の顔が映る。

「おまえ…………………やいち、の?」

「ええ。弟子よ。一応ね」

そう。一応。今は単なる弟子でしかない。けど、それで終わるつもりはさらさらない。今は別の女に預けてるけど、最後は私のものにする。この女流玉座と同じように。

そして私が八一の弟子だと知った相手は――

「…………あはぁ」

そんな声を漏らすと、いきなり飛びかかってきた！　もちろん盤上で。

このタイミングで開戦するなんて正気とは思えなかったから、私は動揺した。なぜなら全く準備が整っていないからだ。

私じゃない。相手の準備が。

「玉を……７二に置いたまま戦う？」

美濃囲いに到達する一つ手前で、ただポツンと放置された敵玉。私は反射的に尋ねていた。

「舐めてるの？」

居玉のまま戦うよりも、なお悪い。

悪形。愚形。どう表現してもいいけど、こんなものは将棋じゃない。

「いいわ…………潰してあげる」

何かの誘いかとも思ったけど、だったら用意された罠ごと喰い破る！

そして勝負はあっという間に片が付いた。

もともと相手は持ち時間がほぼゼロだったから、指し手の精度も低い。昼食休憩前にはもう後手玉は行き場を失っていた。

「なな、はち、きゅううううう――――――」

記録係が不自然なほど語尾を伸ばす。相手は駒を動かそうとしない。指す手がないから。

「あ、あの……指してくださ――」

「時間切れでしょ。私の勝ちね」

反則負けとなった相手は、駒台に手をかざすでも、頭を下げるでもなく……ただ人差し指で自玉をツンツンしていた。

地面にひっくり返って動かない虫の死骸を、子供が面白半分につつくような仕種。

何？　この態度？

年下の私に負けたことが悔しかったから？　ま、どうでもいいけど。

「やっぱり玉型が悪すぎたわね。囲わずに戦うにしても中途半端よ。急戦なのか持久戦なのか方針が定まってないから中盤で指し手が空中分解してる」

そんな私の意見に対する返答は短かった。

そいつは耳まで裂けてるんじゃないかと思えるほど大きく口を開いて、こう言ったのだ。

「あはぁ」

感想戦はそれで終わり。

自玉を指でつつき続けるそいつを置いて私はさっさと席を立つ。早く神戸に帰りたかったけど、まだ東京でこなさなければならない仕事があるから。

あの人に会いたい…………なぜだか無性に、そう思った。

第一譜
空銀子

☗　誕生の日

九月九日。

本来ならば奨励会三段リーグ最終日に東京の将棋会館で行われるはずの新四段記者会見が、明治記念館で行われた。

しかも……たった一人の新四段のために。

『将棋連盟会長の月光は本日、神戸で行われている帝位戦第二局に出席しております関係上、代理として女流棋士会長である釈迦堂が同席いたします』

広大な会場を埋め尽くす報道陣に、初老の司会者は淡々と説明する。

『また空四段の師匠である清滝鋼介九段も、本日は大阪で別の公務がございますので同席いたしません』

「師匠がいないだって⁉」

「史上初の女性プロ棋士誕生記者会見なんですよ⁉　歴史に残るんですよ⁉」

「弟子のプロ入りの会見より大事な公務って何ですかッ⁉」

報道陣から上がる怒号とも悲鳴ともつかない声に、司会者は平然と答える。

『小学校への普及活動です』

意外すぎる理由に会場は静まり返った。困惑気味に。

マスコミは、私と師匠が抱き合って涙を流すような感動の記者会見を期待してたんだろう。

けどそもそも師匠はこういう場に出るのが好きじゃない。それに——

「……身体の弱い私が奨励会に入ることすら反対してたもの」

だから三段リーグの最終盤で私は師匠を避けていたし、師匠も私を避けていた。会えばきっと喧嘩になってしまうから……。

プロになれた今でも師匠は複雑な気持ちを抱いていて、それで席を外したんだろう。

「でも、寂しくなんてない。だって…………好都合だもの」

扉を隔てた控室で、私は呟く。対局前のように武者震いすらしつつ。

何故なら私がこれからするのは、喜びと感動の会見なんかじゃない。

全てのプロ棋士への…………宣戦布告なのだから。

『申し遅れましたが、司会は将棋連盟職員の峰が務めさせていただきます』

初老の男性がさりげなく名乗り、

『それでは——史上初の女性プロ棋士、空銀子新四段にご登壇いただきます！』

私は会場へと足を踏み入れる。

今日の記者会見は、あの名人の七冠制覇と同じくらい盛大なものになるといわれていた。

あの時のように日本中が祝福してくれているのだと。

けれどあの時……七冠制覇を全く祝福していなかった人々がいることを、私は知っている。

「本日は、お集まりいただきありがとうございます」

声が震えないよう、足が震えないよう、私は慎重に第一声を発した。

「……四段昇段が決まってから何日かたちましたけど、プロになれたという実感はありません。ただ――」

《浪速の白雪姫》の笑顔と涙を待ち構える報道陣に、こう続ける。

「今日、私は十六歳の誕生日を迎えました。それを素直に喜べる自分に驚いています」

不思議そうな顔をする人々。

その中で一人、司会の峰さんだけがハッとした表情を浮かべる。

「奨励会にいた頃は年齢制限があったから、誕生日が怖かったんです。九月九日が来るといつも……自分の可能性が萎んでいくような気持ちになりました」

将棋界は才能が全て。

「特に中学生になってからは……毎年、弱くなっていくような気がしていました」

そして才能とは、年齢。

私が追いかけるあいつは中学生で棋士になった。

その背中がどんどん遠くなっていくようで……いつも焦っていた。

「そんな私が三段リーグを一期で抜けられたのは、幸運でした。嬉しいし、ホッとしてる……でもそれ以上に今は、プロの舞台で早く自分の力を試したい。そう、強く思っています」

かつて名人が七つのタイトルを全て制覇したその日。

喜びに沸く世間とは対照的に、あるプロはこう吐き捨てたという。

『今日は全ての棋士にとって屈辱の日です』

これから私が戦うのはそんな人々だ。プロは誰一人として……いや、たった一人を除いては女がプロになることなど望んでいなかったし、私が結果を残せなければこう言うだろう。

『三段のレベルが低かったから女でもプロになれた』

――鏡洲さんや辛香さん……私を強くしてくれた奨励会員の将棋まで否定される。

中学生棋士にはなれなかった。追いかける背中は、まだ遠い。

けど、史上初の小学生棋士・椚創多。

その創多に、私は奨励会で一度も負けなかった。

――私は強い！　私もなれたんだ……見上げるだけだった、将棋星人に……！

笑顔も涙も、この会見には必要ない。

プロになった直後の記者会見で泣くようじゃ話にならない。プロになれただけで満足してるような棋士と盤を挟んで、誰が怖いと思ってくれる？

だから私は泣かない。絶対に。

「子供の頃、プロになるのは私の夢でした。奨励会に入って、その夢は悪夢になって私を苦しめたけど……今こうして現実になりました。だから今度は夢ではなく、目標として――」

そして私は宣戦を布告する。

「プロのタイトルを獲ります。絶対に」

会場が大きくどよめき、無数のフラッシュが瞬く。集まったマスコミの大半は男性で、そのほとんどが今の私の発言に懐疑的……というか、面白がっているように見えた。

——言った……これでもう後戻りできない……。

生意気な小娘を叩き潰すため、プロはみんな本気で来るだろう。

私がタイトルを獲るということは……全ての男(プロ)にとって屈辱に他ならないから。

『空四段、ありがとうございました』

一礼して席に着く私に掛けられた労(ねぎら)いの声は、震えていた。

『とても勇気と思いやりのあるスピーチで、思わず………失礼……お、思わず………』

ハンカチで目元を拭(ぬぐ)う司会者の姿を、報道陣は不思議そうに見ている。

峰さんは、元奨励会員。

そして年齢制限で退会した経歴を持つ。

将棋連盟に就職してからは、辞めていく奨励会員たちを見送るのが辛くて、何度も退職しようと思ったという。

それでも定年になる今年まで勤め上げたのは……私がプロになるのを見届けるためだと、三段リーグの途中で明かしてくれた。

　そんな峰さんが泣くのを見て私も目の奥が熱くなる。きっと二人きりなら号泣していた。

　けど、今日は絶対に泣かない。そう決めたから。

『……失礼しました。では次に、女流棋士会長の釈迦堂より、女性初のプロ棋士誕生に当たって発言がございます』

「座ったまま失礼する。余（よ）は脚が不自由なのでね……」

　釈迦堂先生はそう断りを入れると、

「まずは事務的な連絡をしようか」

　まるで世間話でもするかのように、重大な発表をした。

「昨日、臨時の理事会が開かれ……女流タイトル保持者（ホルダー）がプロ棋士となった場合、タイトルをそのまま保持することが認められた」

「ええッ⁉」「自動的に失冠するんじゃなかったのか⁉」「ど、どっちの肩書きで記事を書けばいいんだ……？」

　一夜にして規程が変われば世間が動揺するのも無理はない。しかも明らかな後出しジャンケンだ。女流棋士たちには相当な不満が生まれているだろう。けど私は醒めていた。

　──今まで支援した分をちゃんと返せってことね。

　今後は女流タイトル戦に出るだけじゃなくスポンサーのCMやイベントへの出演も求められるだろう。時間と体力をかなり割かれる。高校は卒業できないかもしれない。

「つまり失冠するまで空四段は女王と女流玉座のタイトル戦に限り、女流棋戦に出場し続けることになる。さて──」

釈迦堂先生はこっちを見ると、

「プロに対し不敬ではあるが……ここからは『銀子』と呼ばせてもらおう」

普段通りの呼び方で私を呼んだ。

今日は『史上初の女性四段』を強調するために私のことを段位で呼ぶよう理事会から指示が出ていたけど、先生はそれを軽やかに無視した。

「余が銀子と初めて盤を挟んだのは、この子が小学五年生……十一歳になったばかりの頃だ」

よく憶えてる。

奨励会で伸び悩んでた時期に師匠の反対を押し切って出場したマイナビ女子オープン。女王への挑戦者決定戦で、私はこの偉大な女流棋士と戦った。

そして感想戦で掛けてもらった言葉が、私の人生を変えたのだ。

『やっと出会えたよ。余の夢を叶えてくれる逸材に』

──初めてだった。女の私がプロになれると信じてくれた人は……。

あの言葉と、そして上京するたびに開いてくださったプロ棋士との研究会がなかったら、私は今も奨励会にいて……九月九日を怖れていただろう。

「銀子と将棋を指して、余はその強さに驚いた」

だから私はてっきり釈迦堂先生が、あの時みたいに私の才能を褒めてくれるのだと思った。

けど——

「なぜなら余が清滝九段から聞いていた内弟子の女の子は、将棋の才能などまるで無い、ごく普通の女の子だったのだから」

「え？」

思わず声を上げてしまった私へ、初めて見るほど優しい目を向けながら、先生は明かす。

私の全く知らない事実を。

「その子は身体が弱く、よく熱を出し、泣き虫で、わがままで負けん気が強くて、師匠の言うことをまるで聞かないどころか、自分を負かした清滝九段に復讐するため勝手に家に棲み着いてしまった厄介者だと。そう聞かされていた」

師匠が……私のことを、そんなふうに……？

「しかしそんな弟子に何かあるたび、清滝九段は慌てて電話を掛けてきた。まるで……そう、まるで年を取ってからできた、実の娘のことのように」

「っ…………！」

それを聞いた瞬間、頭の中で師匠の声が響く。

『里奈ちゃん、銀子が熱を出した！　どうしよう⁉』

『銀子が奨励会に入りたい言うんや……どうしたらええと思う？』

不安そうにコソコソと電話をしている師匠の姿が、見てもいないのに目に浮かぶ。

ああ……だめだ……。

「そんな清滝九段と……鋼介さんと話しているうちに、いつしか余もその子の母親にでもなったかのような気持ちになっていた。ふふ……子を産むどころか結婚すらしたことのない年増女の戯言(ざれごと)と笑ってくれて構わぬ……」

誰一人として笑わなかった。

それどころか、百人を超す報道陣が……目を真っ赤(まか)にして聴き入っている。

「余の隣に座るのは、誰よりも美しく誰よりも才能ある《浪速の白雪姫》などではない」

私は聞きながら歯を食いしばっていた。

「人よりも弱く、人よりも遙かに努力を重ねてきた、ごく普通の、十六歳の少女だ」

だめだ。泣いちゃだめだ。

だって今日は……絶対に……！

「だからこそ誇らしいのだ。だからこそ嬉しいのだ。初めてプロになった女性が、天から授けられた才能の容れ物などではなく——自分の力で夢を叶えたのだから」

釈迦堂先生の目から、一筋の涙がこぼれ落ちる。

「女でもプロ棋士になれるという……将棋を指す全ての少女たちの夢を」

それは私が初めて見る、先生の涙で……。

そして釈迦堂先生は、恥ずかしがり屋で泣き虫な師匠に代わって、こう言ってくれた。

「ありがとう銀子。よくがんばったね……」

「ッ……‼　せん………せぇ………」

絶対に泣かないと決めていたはずなのに、私の涙腺はあっさりと崩壊する。

笑顔で迎えられたはずの、十六歳の誕生日。

結局……人生で一番泣いてしまった。


涙の余韻に浸る間もなく、会見後は秒刻みのスケジュールが待っていた。

この日は主にスポンサーへの挨拶回り。

「《浪速の白雪姫》に頼まれたら断れませんなぁ！　よし、誕生日プレゼントだ！」

私が財政難に苦しむ将棋連盟へ更なる支援を求めると、誰もが驚くような金額を約束してくれた。何億円も……。

奨励会員の頃は『修行中の身なので』と躱(かわ)すことができた権力者との付き合いも、プロになれば拒めない。

首相官邸では国民栄誉賞をプレゼントされそうになった。

「それはいただけません。名人と違って、私はまだ何も成し遂げていませんから……」

「ならタイトルを獲得したら受けてくれるね？」

なるべく早く頼むよ？　私が首相のうちに……冗談とも本気ともつかないことを言うこの国の最高権力者に、私は曖昧な笑みで答えた。

予定を全て消化して入院先の病院へ帰って来られたのは、夜遅くなってから。

ヘトヘトになってた……けど、これで終わりじゃない。

「…………まだ寝ちゃダメ…………メールの返信、しなくちゃ…………」

電気を点ける気力も無くベッドに倒れ込むと、かろうじて動く指先でスマホを操作する。将棋を始めてからの十四年間でお世話になった人々から届いた数千ものメールが未開封のまま。

けど、嬉しいのは最初の十件くらいまでで……。

途中からは……申し訳ないけど、この時間と体力を使って将棋の勉強をしたいと思ってしまった。

「……プロのタイトルを獲るなんて大口を叩いたくせに、スタートラインからまだ一歩も進めてない…………それどころか、今日一日でどれだけ将棋が弱くなったか…………」

ようやく百通くらい返して心が折れかけた、その時。

ぽこん。と、動画が送られてきた。

「桂香さんから？　動画だけって……何だろ？」

まるで私の心が折れるタイミングを見計らったかのように送られてきたその動画を再生して

みると——

『銀子ちゃんのお誕生日と昇段のお祝いに、みんなでケーキ焼いたわよ〜』

画面に現れたのは、ちょっと形がいびつなホールケーキ。

何だか子供が作ったみたい……と思ったら、

『そらせんせー！　おたんじょうび、おめでとうございますっ‼』

生クリームを頬に付けたエプロン姿の小学生が叫ぶ。八一の一番弟子だ。

それから八一がお嫁さんにしてあげると約束したらしいフランス人の金髪幼女と、眼鏡の地味な小学生もいる。

『ごじゃまちゅなんだよー』『ございますです』というそれぞれの語尾の余韻が消えると、今度は桂香さんの指揮でハッピーバースデーの合唱。

いつも赤いジャージ着てる子と、八一の弟子二号はいないけど……代わりに師匠と桂香さんが入ってもう何の集団かわからなくなってる五人組は、歌い終わると手作りのケーキに十六本のロウソクを立てた。

『では、僭越ながら銀子に代わってわしが。うぉほん！』

咳払いをしてから、師匠はゆらゆら揺れるロウソクの火に顔を寄せていく。

『お父さん、髭に引火しないように気をつけるのよ？』

『わかっとるわかっとる。それより桂香、吹き消す瞬間をちゃんと動画に収めるんやでぁっちゃちゃちゃちゃちゃっ!!　アツゥゥゥゥ――――――イッ!!』

『お、おじいちゃんせんせーっ!!』

『だから気をつけろって言ったでしょヒゲおやじッ！　台所でお水汲んでくるから畳に火の粉を落とすんじゃないわよ!?』

『じーたん、おひげ、ぼーぼーなんだよー。きらきらー☆』

『シャルちゃん！　火のついた髭に触っちゃダメーっ!!』

『も、もしもし消防署さんです!?　至急、消防車を一台お願いしますなのです!!』

『綾乃(あやの)ちゃんこんなので消防車呼んだら恥ずかしすぎて外に出られなくなるからやめてー!!』

桂香さんの悲鳴。

そして燃え盛る師匠が畳の上をのたうち回る映像。

いったい私は……誕生日の深夜に何を見ているんだろう……？

最後は水の入ったバケツに師匠が頭ごとヒゲを突っ込んだ『ジュッ……！』って音が聞こえてきて、動画は終わった。

「ははは………どうして私の誕生日に、師匠が燃えてるのよ……」

あまりのグダグダっぷりに思わず笑ってしまう。

気がつけば、真っ暗な病室で一人、涙をボロボロ流しながら大笑いしていた。

「ははは……あははははは……………はぁー………」

そしてスマホを握り締めたまま眠りに落ちた。


そんな私に同情してくれたんだろうか？

いつもは厳しい将棋の神様がプレゼントをくれた。

私がこの日、一番会いたくて、一番一緒に祝ってほしかった人と、夢の中で会わせてくれたのだ。

『お誕生日おめでとう。姉で……銀子ちゃん』

まだ慣れない呼び方で私を呼んだあいつは…………悔しいけど、強くて、かっこよくて。

『おそいよ。ばか』

甘えるようにそう言って、私はそいつの胸に飛び込む。

そして私たちは——将棋を指した。

和服に身を包んで、どこか立派な旅館の和室で、いっぱいいっぱい将棋を指した。永遠に終わらないような番勝負を。


夢の中で、私は気付いた。

今日……自分が本当に口にしたかった目標（ゴール）が、何なのかを。

☖　師弟(してい)交差点

「おっ？」

新大阪駅の新幹線改札を潜(くぐ)った俺(おれ)は、視界に飛び込んできた少女に目を奪われる。

翼(つばさ)のような長い黒髪。

ゴシックな全身黒の洋服と、小悪魔じみた美貌(びぼう)。そしてこれまた黒の塗装が施された特注のタブレットを、小さな指で操作している。

大勢の人の中にいても抜群に目を引くその小学生は――

「天衣(あい)じゃないか！　偶然だな！」

夜叉神(やしゃじん)天衣。

史上最年少のわずか十歳で女流二段となった、俺の自慢の弟子だ。

「対局の帰りか？　東京で女流玉座戦があったもんな」

思わず駆け寄って話し掛けると、黒衣黒髪の美少女は驚くでも喜ぶでもなく……不審そうな表情を浮かべてこう言った。

「…………うわ。ストーカー？」

「すすすす、ストーカーちゃうわッ！　偶然だって言ったろ⁉」

「でも……東京で対局があったとか、こっちの行動を把握してるし……」

「激務の中でも弟子の公式戦をチェックする師匠の愛情でしょぉ⁉」

「歪んだ愛を押しつけないでくれる？」

そんな俺たちのやり取りを聞いた周囲からは、

「何だ何だ？」『愛情とか言ってたぞ？』『痴話喧嘩か？』『でも、相手は小学生……」

やばいやばい鉄道警察来ちゃう！

俺は天衣を物陰まで引っ張って行くと、声を潜めて尋ねる。

「……晶さんは？」

「551の豚まんを買いに行ってるわ」

大阪土産の定番だ。

神戸でも買えるはずだが……確かに新大阪駅の新幹線コンコース売店にはお持ち帰り専用のチルドパックが売ってて、あんまり並ばないから穴場感はある。新神戸まで行かずにここで降りた理由はそれか……。

「でもお前、あれ好きだったか？」

「わからないわよ。食べたことないもの」

「はぁぁ？　じゃあどうしてわざわざ新大阪で降りてまで買う――」

あ、そういえば。

551の豚まんって、お父さんの転勤で海外へ行ってしまった水越澪ちゃんの大好物だったはず。

「……なるほどね。親友のことが恋しくなって、その子の好物を食べてみたくなったと」

「ちっ、ちがうわよっ！　どうしてこの私があんな騒々しいガキの好物を食べなきゃいけないわけ⁉　晶が食べたいって言ったのよ勘違いするなクズ‼」

「あれれ～？　おっかしーなー？　俺、澪ちゃんの名前なんて一度も出してないけど？」

「………………死ねっ！」

　久しぶりの舌戦は、一勝一敗。

　普通に喋(しゃべ)ることができて俺は安心していた。

　天衣とは、その……最後に会ったとき、意外なことを言われたから……。

『好きよ。八一』

　神戸の結婚式場で、この子は俺にそう言って……キスをした。

　けど未(いま)だにあの告白が本心なのか悪戯(いたずら)なのか確信が持てないでいる。タイトル戦に集中するために、敢(あ)えて考えないようにもしてたし……。

「そんなことよりこの局面について教えなさい」

　天衣はこっちの葛藤(かっとう)なんかまるで気付いてないようで、普段通り話し掛けてくる。

　持っていたタブレットに表示されてるのはもちろん将棋だが――

「ん？　これ……帝位戦第二局じゃないか。俺のこと見ててくれてたのか？」

「あなたじゃなくて、あなたの将棋をね」

そう言ってから天衣はわざわざ言い直した。

「あなたの負け将棋をね！」

「これなぁ……ソフトの使い方に関しては相手に一日の長があると思い知らされたよ。まさか本当に一週間で立て直してくるとは……」

第一局で俺は『封じ手』という二日制独特の制度を利用することで部分的にソフトの読みを凌駕し、相手がソフトを使って導き出した研究を粉砕した。快心の将棋だった。

しかし第二局で於鬼頭帝位は、もっと簡単な方法で、俺から白星を奪ったのだ。

まるで手品のように。

「後手の序盤は計ったかのようにマイナス一〇〇点付近を維持してるわ。あのサイボーグみたいな棋士がソフトの最善手を敢えて外し続けた理由は何？」

「確かに於鬼頭さんは最善手を指さなかった」

俺は頷いて、こう続ける。

「最善じゃないからこそ優秀な作戦だったんだよ」

「……なるほどね。やっぱりそういうことだったの」

謎かけのような答えを聞いて天衣は全てを了解した。この一言を聞くためだけにここで待っていたとしても、俺はそれを異常なことだとは思わない。棋士にとってそれだけの価値はある。

「ところであなたはこれから東京に行くの？」

「ああ。順位戦がね……こればっかりは大阪だけで対局できるわけじゃないし」

棋界最高位タイトルである竜王を持つと、他のタイトルに挑戦する以外は全て上座となり、相手が大阪に来ることになる。

けど順位戦は公平性を重んじるためタイトル持ってても東京への移動が生じる。

始発の新幹線に乗れば対局開始の十時に間に合わないこともないんだけど……ま、普通は前泊するわな。

そんなわけでタイトル戦の二日後に対局が組まれてる場合というのは、基本的にゆっくりしてる余裕は無い。

「さっき着替えだけ取りにアパートに寄ったんだけど、こんな時間だからさ。あいはまだ学校だろ？　妙にガランとしてて……久しぶりに帰った自宅だったのに、何故だかまるで自分の家じゃないみたいに感じたんだよ……」

「別居中の夫婦みたいなこと言ってんじゃないわよ」

「やっぱりさ？　かわいい弟子が温かいご飯と一緒に出迎えてくれて『ししょー？　ごはんにします？　お風呂にします？　それとも……しょ・う・ぎ？』って聞いてくれるのがプロ棋士の自宅ってもんでしょ!?」

「キモ」

天衣は俺の発言を一刀の下に切り捨てた。うう……自覚はあります……。

「そもそもアレ、大師匠の家に預けてるのよね？」

「うん。あいの荷物が今ほとんど清滝家に行ってるから、それもあって部屋の雰囲気が変わってるのもあると思うんだけどね……」

「『天ちゃんも遊びにおいでよ！』って、しつっこいったらありゃしないわ」

「あー……二段ベッドに一人で寝るのって、寂しいから」

俺と銀子ちゃんが使ってたベッドだ。

銀子ちゃんが病院の検査とかで俺が一人で使える時は「イヤッフォォォォォ自由ッ！」みたいなテンションだったけど、不思議なことにいざ一人で寝てるとあの理不尽な姉弟子の存在が恋しくなったりした。

「同じ学校に通ってたあの騒々しいのもいなくなったし。大好きな師匠に会えないのが堪えるんじゃない？　構ってやりなさいよ」

「そうしてあげたいのは山々だけど、帝位戦の次は竜王戦がすぐ始まるし……年内はこんな感じでずっとバタバタしてると思う」

「竜王戦も於鬼頭曜が挑戦者になったんでしょ？　見てるほうとしては飽きるわよ。ガッカリカードよね」

「先生をつけなさい、先生を……」

於鬼頭曜二冠は生石充（おいしみつる）九段や山刀伐尽（なたぎりじん）八段と同世代。名人より一世代下の棋士で、天衣が生まれる前からトップ棋士として活躍してる大先生だ。

天衣はどこかしら冷たさを感じる目で俺を見ながら、

「弟子（わたし）たちより、よっぽどたくさんその於鬼頭先生と過ごしてるじゃない。旅行に行って、いいホテルに泊まって、一緒に名物料理やスイーツを食べて」

「そうなんだよなぁ……」

二日制のタイトル戦だと、移動日も含めれば拘束時間は四日間。それが毎週組まれると家にいる時間より仕事してる時間のほうが長い。

さらに他の棋戦も入ってくれれば家に帰らず各地を転戦するハメに。

さらにさらに対局中はスマホや携帯は使えないからメールでのやり取りすら数日間のすれ違いが発生してしまう……。

毎日ずっと顔を合わせてた内弟子とはもう、一週間近く連絡すら取れない状況となっていた……俺が天衣を見て思わず駆け寄ってしまった心境、わかってくれる？

「順位戦だろ？　賞金王戦だろ？　玉将リーグも始まるし、弟子に将棋を教える時間どころか家に帰る時間すらあるか……お前たちには申し訳ないと思ってる」

心配していた銀子ちゃんがプロになり、あいを師匠の家に預けたことで、かつてないほど自分の将棋だけに集中できる環境にはなった。

おかげで成績も悪くないけど、勝てば勝つほど対局が増えて忙しくなる無間地獄（むげんじごく）が将棋界である。

『タイトルは二つか三つ持ってるときが一番忙しくて、七つ（ぜんぶ）持ってると逆に楽』

というのは、現在も四冠を保持する名人のお言葉である。

深い……というより、ヤバい。

「自分が複数冠に絡（から）むようになって、名人の凄さを改めて思い知らされたよ……この状況を三十年近く続けて家庭まで持つとか、時間操作系の能力者なんじゃないかと」

「ならさっさと残りの六つのタイトルも獲って私たちに将棋を教えなさいよ」

「できるわけないだろ俺の話ちゃんと聞いてた？　小学校で『他人の話を聞かない子』って言われませんかお嬢様？」

「何よ？　私の唇は簡単に奪ったくせに」

「ッ⁉　あ、あれは俺が奪ったんじゃなくて、むしろそっちに奪われ――」

おっ……と。いかんいかん。

冷静になれ。思い出すな。挑発に乗るな。守勢に回るな……。

「……神戸（じもと）でやる師匠のタイトル戦の大盤解説を断るような薄情な弟子のくせに」

「仕方ないでしょ。対局優先だもの」

「対局って……お前が第二局の大盤解説で、あいが金沢（かなざわ）でやる第三局の大盤解説。それは俺が帝位戦の挑戦者になった時から決まってたことだろ？　その予定をお前が手合課に伝えてなかったんじゃないか！」

「そうだったかしら？」

しらじらしい……。

昨日まで俺は神戸で帝位戦第二局を戦ってて、天衣が現地大盤解説で聞き手をしてくれるものだとばかり思い込んでたから、姿が見えなくてガッカリしたのだ。そのせいで負けた……とまでは言わないけど。

やっぱあの告白も悪戯に違いない。いま確信した。

だって本当に好きなら、少しでも一緒にいたいと思うものだろ？

「それに私、他人のタイトル戦に出るのって性に合わないから。たとえそれが師匠のタイトル戦だとしても、ね」

これだよ。

しかし夜叉神天衣という少女のこういう部分に堪らなく惹かれたからこそ、俺は他人から奪い取ってまでこの子を弟子にしたんだ。

「ねえ、八一」

不意に、その弟子がぐっと距離を詰めてくる。

そして俺のネクタイに指を這わせながら——

「本当は、ここであなたのことを待ってたって言ったら……どうする？」

「ッ……‼」

ドキドキと心臓が全身にすごい勢いで血を送り、顔が急激に熱くなる。

――天衣が……俺を待ってた？　なぜ……？

まさか……帝位戦の結果を知って、傷ついた俺を真っ先に慰めようと新大阪駅でずっと待ってた……？

その瞬間、敗戦の痛みが癒されていくのを、俺は感じていた。

そして小学五年生の女子に心を弄ばれる羞恥心と……それを心地よいと感じてしまう自分への葛藤で、おかしくなってしまいそうだった。

奈落へ堕ちそうになる俺を救ったのは――

「お嬢様！　豚まんが買えました！　……ん？　九頭竜先生ではないか。偶然だな？」

『551HORAI』と大きくプリントされた保冷バックを抱えた池田晶さんの登場で、この勝負は水入りとなった。

――そ、そう……偶然だ。偶然……。

この広い新大阪駅で、会えるかもわからない俺のことをずっと待ってるなんて……。

そんな恋する乙女みたいなこと、夜叉神天衣がするわけないんだから。

「おう！　よく来たな八一！」

仕立てのいいスーツに身を固め髪を上品に撫で付けた男性がこっちに向かって手を振っているのを見て、それが誰なのか俺は一瞬だけ考えてしまった。

「……兄貴？」

あまりの変わりようにビックリだ。

最後に会ったのは……去年の竜王戦の、第四局。『ひな鶴』で行われた前夜祭に招かれてた時はまだ貧乏大学生だった。

「あのズボラな兄貴がホテルマンとはねぇ。大学時代は部活とバイト三昧でろくに勉強もしてなかったのに、就職でこうも変わるとは……」

「はっはっは！　見違えただろう？」

兄貴は留年した挙げ句、大学五年目の冬になってもまだ就職先が決まっていなかったという、クズ揃いの九頭竜一族の中でも群を抜いたクズである。

しかも弟の俺をダシにして就職し、おまけにどうやらあいの親御さんに上手く取り入って順調に出世してるっぽい。クズがッ！

「まあでも、あの女将さんに鍛えられたんならこの変わりようも納得かなぁ」

「会長には本当に感謝している。ほら、お前も会長のご著書を読んで勉強しろ。これを読めば二冠どころか七冠制覇も夢じゃないぞ？」

「え？　兄貴それ、常に携帯してるの……？」

付箋(ふせん)だらけの新書（『女将力』雛鶴亜希奈(ひなつるあきな)著／SBクリエイティブ）を差し出す兄貴の目は、俺の知っている兄のものではなかった。カルト信者の目……。

あいのお母さんも、ちょっと前は社長だったはずなのにランクアップしてるし……。

「ところで！　どうだ八一⁉　新しいこの『ひな鶴』はッ‼」

北陸の温泉旅館に就職したはずの兄貴が東京にいる理由。

その理由は、俺が手に持っているチラシに記されていた。

『ここで、東京は、最高の悦楽を知る。』

東京の夜景の写真に白抜きで豪邸賛歌(マンションポエム)みたいな煽(あお)り文句が踊っているが、マンションの広告ではない。続きを読もう。

『あの北陸の名宿《ひな鶴》が、遂に東京へ進出。伝統と格式に裏打ちされた世界最高峰のサービスをＴＯＫＹＯという街で味わう……貴方の人生に《ひな鶴》という贈り物。』

要するにここは、あいの実家の別館だ。

開業はまだだが関係者を先行して泊めてくれるということで、お言葉に甘えたのだった。

真新しい内装に目を奪われていると――

「九頭竜先生。ようこそお越しくださいました」

「あっ！　ご、ご無沙汰しておりますっ……!!」

女将登場。俺は思わずその場に平伏しそうになる。兄貴は躊躇い無くひれ伏した。

「順位戦の前日にご宿泊いただけるとは光栄です。今後もご贔屓に」

「こちらこそ正直メチャ助かります！　銀子ちゃ……空がプロになったことで、一門みんな東京に来る機会が増えると思いますから」

『銀子バブル』のおかげで仕事のオファーは激増。イベントにメディアに引っ張りだこだ。シューマイ先生まで駆り出されてたし……。

　それに女流棋士は関東所属が極端に多いため、あい、天衣、桂香さんの三人は勝ち上がれば頻繁に東京で対局が組まれる。特にあいは女流名跡リーグ入りしたから今年度だけでも十回近く東京へ来なければならない。

「でも、どうしてこのタイミングで東京進出を？　これまでもそういう話はいっぱいあったんですよね？」

「無論です。それこそ先々代の頃から東京進出はもちろん海外進出の誘いもございました」

「けど断ってたんでしょ？」

「……一年ほど前になりますか。よい開発会社と知り合いになりまして。ちょうど娘も嫁いで手がかからなくなったので東京進出を決めたのです」

「なるほど……いやちょっと待って？　嫁いでないですよ？　弟子入りですよ？」

「憶えておいでですよね九頭竜先生？」

訂正する俺の言葉を遮るように女将は鋭く言う。

「あいが中学卒業までにタイトルを獲得できなければ、女流棋士を引退させて女将を継ぐべく再教育を始めるという約束を」

「そして俺も雛鶴家に婿に入って、あいを支える……ですよね？」

もちろん憶えてる。忘れたことなど一度もない。

あいの研修会試験。最後に立ちはだかった空銀子二段に負けて北陸に連れ戻されそうになったあの子を自分の意思で弟子に取るため、俺はこの人に土下座して頼み込んだ。

『あいさんを、俺にください!!』と。

その代償として課された約束を女将は改めて念押ししてるのだ。

「東京なら九頭竜先生も棋士を続けつつ旅館のお仕事を学べるでしょう？」

「だったら東京進出は早まったかもしれませんよ？　あいは必ずタイトルを獲りますから」

あの約束から一年半でもう女流トップに手が届くほど強い。

じっくり時間を掛けて大切に育ててきたつもりだけど……あいの成長速度は緩むどころか加速しているとすら感じる。今じゃもう俺が教えるどころか、あの子の指した将棋から俺が教えられることがあるくらいに……。

「……もう一つ。東京進出を決めた重要なピースがあります」

俺の視線を真っ直ぐ受け止めながら、女将は東京進出の意外な理由を示した。

「九頭竜さんです」

「俺ですか?」

「いえ。お兄さんのことですよ」

「兄貴が?」

就職してまだ半年ちょっとの新入社員にいったい何ができるってんだ? それでなくとも留年したような落第生なのに。

「かっ……会ちょぉぉぉぉっ……!」

泣きながら「一生付いていきますッ!!」と地面に額を擦りつける兄貴。これ役に立つのぉ?

ま、ともかく東京での貴重な活動拠点ゲットだぜ!

和室を備えた旅館なら将棋の研究会や合宿なんかにも使える。あいが安心して遠征できるだけじゃなく、関東所属の棋士と武者修行するにも最適だ。

──何だかんだ言っても、あいに一番期待してるのは女将さんなんだよな。

東京進出の本当の理由。

女将さんは決して言わないだろうけど、俺は最初からわかってた。

この人が娘のために東京に旅館を建てちゃうくらいには親バカだってことを。

☖　白雪姫のＳＮＳデビュー

　角換わりの定跡手順みたいに一瞬の隙も無く組まれていく殺人的なスケジュールの打ち合わせのため病室を訪れた男鹿ささり女流初段に、私はそれを訴えた。

「取材の制限……ですか？」

　会見の司会をしてくれた峰さんはすぐ大阪へ帰ってしまい、入れ替わるように神戸から会長と男鹿さんがやって来て、私のスケジュール管理は会長マターに。新入社員が重役待遇を受けてるみたいで落ち着かない。

　ところで取材制限の話だけど、男鹿さんは取りつく島もなくこう答えた。

「それは無理ですね。空四段」

「なぜ？　将棋普及に必要なイベント出演とかスポンサーへの挨拶回りを減らせって言ってるわけじゃないのよ？　せめて取材くらい減らしても――」

「なぜならもうやっているからです。申請された数の百分の一程度に絞って」

「百分の……一？　こ、この量で⁉」

「ええ。これ以上絞ってしまうと逆に変な方向へ取材が過熱しかねないと男鹿は危惧します」

「盗撮とかストーカーとか？」

「あとは、あること無いこと書かれてしまうとかですね。たとえば長期間入院していることから何か難病を患(わずら)っているのではないかと探られたり」

「ウザいわね。それ」

心臓は完治してるけど生まれつき身体がポンコツなのは事実。それを詳しく報じられて対局相手に知られるのは勝負の面で不利だ。

「それから恋愛ですね。《浪速の白雪姫》に恋人がいるのかは今や国民的関心事ですから」

「バカバカしい……私が誰と付き合おうが将棋と関係ないじゃない」

「世間の方々は将棋に興味がありません。人気沸騰中なのは空銀子という少女であって将棋ブームが来ているわけではない。と、男鹿は分析します」

「ほんとウザいわね。恋愛すら自由にできないなんて」

「おや？　空四段はどなたか恋愛したい方がいらっしゃるのですか？」

「いません。いるわけないでしょ？」

「そうでしょうとも。神聖なる三段リーグを戦ってる最中に恋人と旅行していたというような話が表に出たら大炎上でしょうから。たとえばの話ですが」

「…………」

三段リーグで三連敗して私が大阪から逃げたとき、八一が同行するように取り計らったり宿の予約をしてくれたのは月光会長だったらしい。

つまり実際に手配してくれたのは……。

「一つ、方法があります」

男鹿さんは私のスケジュールで真っ黒の手帳を閉じながら、こんな提案をした。

「ＳＮＳを始められてはいかがでしょう？」

「ＳＮＳ……って、ネットに自分から情報を流せって言うの⁉」

「本人が発信することで正しい情報を世間に伝えられますし、憶測で記事を書かれることも減ります。盗撮するより本人の出した情報を使って記事を書く方が楽ですから」

「情報をコントロールするわけね？　なるほど……」

受けの戦いから、攻めに転じる。

確かにそのほうが局面を自分の思い通りに誘導できる……将棋指しらしい戦い方だ。

「空四段はＳＮＳを使用したご経験は？」

「やってないわ」

「裏アカや観(み)るアカも持っていないのですか？」

「ウラアカ？　ミルアカ？　そもそも何を言ってるかわからない」

「ネットの巨大掲示板や将棋関連まとめサイトのコメント欄に『某竜王は小学生と同居するロリコンである。早く逮捕されるべき』と書き込んだりしたことは？」

「…………ノーコメント」

何よ？　正しい情報を世間に広めてあげたのよ？　性犯罪者を野放しにしてたら子供たちが

危ないじゃない。

「では簡単にご説明しましょう。若い女性に圧倒的人気を誇るのはインスタですが、こちらは基本的に画像や動画を投稿するものになります。となると負担も大きくなるのであまりオススメはしません」

「どうして？」

「ネットの住民というのは画像の細かな部分を詮索しますからね。たとえば瞳に写った景色を解析して、投稿者の住所を特定するとか」

「そ、そんなことができるの⁉」

「囲碁や将棋のＡＩも画像処理用のＧＰＵで動く時代ですから。たとえばネット上に存在する九頭竜竜王の写っている画像を解析すれば、彼が誰とどこへ行っていたかはだいたいわかります。空四段がお望みなら――」

「しないわよそんなストーカーみたいなこと！」

あの嫉妬深い小童じゃあるまいし、八一の画像をいちいちチェックするなんて面倒なことするわけがない。

私ならもっと手っ取り早い方法を取る。殴って吐かせればいい。

「けど……いきなりＳＮＳを始めるのは、やっぱりリスクがあるし……」

「男鹿が管理しているアカウントをお貸ししましょう。それで体験してみては」

「連盟の公式アカウント？」

「いえ。個人的に管理している匿名アカウントです」

男鹿さんは私のスマホを受け取ると、アプリを入れて、そのアカウントを表示する。

『全力応援！　月光聖市九段ファンクラブ【公式】』

アイコンは会長の顔写真。ツイートには会長の対局情報のみならず些細(ささい)な出来事すら漏(も)らさず書き込まれ、しかも明らかに会長以外の誰かが……よく見れば全て同じ女性が撮影したとわかる会長の写真が貼(は)り付けてある。男鹿さんの影とか、窓ガラスに反射する男鹿さんの姿が、漏れなく写り込んでる画像が……。

会長と自分の関係を匂わせるための、デジタルマーキング……。

「まずはツイートなどはせず、このアカウントを使って雰囲気だけでも掴(つか)んでみてください。そのうえで、ご自身のアカウントを開設するかご判断を」

「…………ありがと」

慣れないながらも操作すると、将棋関係者のアカウントが次々と表示された。

ふーん。この人も……あ、この先生もツイッターやってるんだ。意外……。

「で？　何をすればいいの？」

「ご自分の名前を打ち込んで、つぶやきを検索してみては？」

男鹿さんのアドバイスに従って『空銀子』で検索してみると……出るわ出るわ。

「えっ⁉　ど、どうして私の名前のアカウントがいっぱいあるのよ⁉」

「有名人とはそういうものです。こうした成りすましを駆逐するために、芸能人などはアカウントだけ作って放置することもあります」

「なるほどね……」

気を取り直して自分の名前を入力。すると――


『空銀子　恋人　九頭竜八一』


ひわっ⁉　にゃ、にゃによこれ⁉

「ち、ちちち、違うのよ⁉　私が検索したんじゃなくて名前を打ち込んだら勝手に――」

「わかっています。検索予測ですね。たくさん検索されているワードを関連づけて自動で表示する機能ですよ」

男鹿さんは笑ってるのを隠すかのようにメガネの位置を直しながら、

「どうやら空四段と竜王のことが噂になっているようですね？」

「ハァ？　冗談でしょ……迷惑よ、まったく…………まったくもぅ！」

変な噂を放置したままでも困るから、とりあえずネット上で私と八一がどんなことを言われてるのか調べてみることにした。

『空銀子四段の年収は？　恋人は？　通っている学校は？　情報をまとめてみました！』

大半はそんな感じ。

学校は制服を見ればすぐわかるし、年収も『将棋のプロの年収は平均でこれくらい』という一般論が書いてあるだけ。ブログに誘導してアクセス数を稼ごうとしてるんだろう。

「問題は恋人の情報ね……どれどれ？」

どうやら私と八一が十年近く同居してたこととか、仕事でよく一緒にいるのを『恋人……かも？』みたいな感じで話題にしてるだけだった。

なるほどね。煽って閲覧数を増やそうって魂胆なわけ。

こういうのホント迷惑でしかないから。迷惑迷惑。えへへ……♡

「ところで空四段。ＳＮＳを扱う上での心構えをお伝えしておきましょう」

「うん」

男鹿さんの話を適当に聞き流しながら、私は他のつぶやきを高速でスクロールさせる。

『空銀子と九頭竜八一が恋人同士って話題になってるけどホントなの？』

『誤情報だろ。クズ竜王はロリコンで確定だし』

『小学生と同居してて、他にも複数のＪＳを弟子候補として囲ってるらしい』

『そんなクズが銀子ちゃんと釣り合うわけがないな』

いいねボタンを連打しながらどんどんスクロール。いいじゃないツイッター。楽しい。

そんな私の指が、あるつぶやきを見て止まった。

『九頭竜八一の恋人は女流棋士の祭神雷（さいのかみいか）。数年前は三段リーグで上京するたびに二人で会ってたのは有名』

ツイートをタップすると……ご丁寧に画像まで出てくる。

『証拠画像。三段リーグが終わるのを将棋会館の前で祭神が待ってたのは関東の奨励会員ならみんな知ってる』

へぇ……。

なるほどなるほど？　楽しいじゃないツイッター……。

「たとえば画像の扱いですが、ネット上では合成したものや全く別の画像を『これが証拠だ！』などとアップする行為は日常茶飯事。安易に信じてはなりません」

「うん」

男鹿さんが何か言ってるけど今はそれどころじゃない。

中学の制服だった詰（つ）め襟（えり）を着た八一の腕に、私服姿に黒縁眼鏡っていう雑な変装をした祭神雷が、見慣れた千駄ヶ谷（せんだがや）の将棋会館前で強引に自分の腕を絡ませようとしてる証拠画像……。

投稿したアカウントは……『JA』？　誰？　農協の人？

奨励会は休日に行われる。道場を含め一般のお客さんも将棋会館を訪れるから、誰が撮影したかは特定できない……けど、そんなことはもうどうでもいい。

あのクズ……！　神聖な三段リーグの最中に女とイチャイチャするとか……随分と舐めたマネしてくれてるじゃない……。

　私は他のリプも全て確認していく。

『いやいや。イカとはもう終わってるよ』

『うん。将棋連盟の理事や師匠が別れさせたって聞いた』

『どっちかというとイカちゃんがクズに未練ある感じ？』

『マイナビ一斉予選で祭神側から復縁を迫ってたのも将棋ファン的には一般常識だし』

『俺も現地で見たよ〜。弟子の小学生に負けて復縁チャレンジ失敗してたよね〜』

『どっちにしろ白雪姫は完全に蚊帳の外って感じでした』

『実際シルバーはオワコン。時代はＪＳ』

　シルバー⁉

　ど、どうして私が高齢者みたいな扱いされなきゃいけないのよ⁉

　っていうか蚊帳の外って！　あのマイナビ一斉予選には私もいたんですけど⁉　フェイクニュースを拡散しないでくれる⁉

　これは……真実を教えてあげる必要がありそうね……。

「ツイッターには事実と異なることや、誹謗中傷等もたくさんあります。むしろそういう情報ばかり。嘘を嘘と見抜ける能力を求められるのです」

さっきから男鹿さんの話が続いてるけど私はほとんど聞いてなかった。そんなことよりやらなければならないことがある。

「そして何より、将棋と同じでＳＮＳも冷静さが求められます。事実と反する情報を見たり煽られて熱くなった時に、勢いで反論したり個人情報がわかるような画像をアップすることは絶対に禁止――」

私はスマホのアルバムの中から八一と一緒に写ってる写真を探して、

『空銀子と九頭竜八一は付き合い始めたらしいよ』

『証拠はこの画像』

『祭神もロリも連れて行ってもらってない九頭竜の実家に空だけが行ったらしい』

よし！　投稿。

「ちょ⁉　ぎ、銀子ちゃん何してるんですかそういうことしちゃダメだっていま言ったばかりじゃないですか――っ‼」

「うるさいっ！　私は冷静よ‼」

男鹿さんは私からスマホを奪い取るとアカウントごとツイートを削除。チッ……。

すぐに削除したから画像は拡散しなかったけど男鹿さんはアカウントの存在が会長にバレて怒られたし私には会長直々（じきじき）にＳＮＳ禁止令が出たしスケジュールも全く楽にならないしおまけにあの女関係にだらしないクズのせいでイライラするしホンマぶちころすぞわれ？

☗ 半分許す

それはまるで『不機嫌』という文字が服を着てベッドに座っているかのようであった。

「………………」(むすー)

深夜にまで及んだ順位戦を勝利で終えた俺は対局の翌日、東京からそのまま賞金王戦の対局地である仙台へ行く前に銀子ちゃんの病室へ顔を出していた。

それなのに銀子ちゃんの反応は、無視。露骨なまでの無視。

「………………」(むっすー)

俺が病室に入った途端にプイッと顔を背け、どれだけ呼びかけても応えてくれない。その割には「出てけ」とも言わない。

原因はわかっている。

対局続きで誕生日に顔を出せなかったから一時的に好感度がダダ下がっているのだ。

しかし俺は悲観しなかった！

今までなら姉弟子の機嫌が悪いとそれだけでビビってたが……もう俺と銀子ちゃんは恋人同士。どれだけ冷淡な反応をされようと『でも結局俺のこと好きなんだろ？』と強気に出ることができるのだ！　もう年下の姉に完全服従するのは終わり！　オラオラ系で行く！

見せてやるぜ……年上カレシの包容力ってやつをよぉ!!

「あ、あのぉ………銀子、さん？　こ、恋人が来たんだから、その……む、無視というのはいかがなものかと……」

強気失敗。

だって六歳の頃から上下関係叩き込まれてるんですよ？　無理ですよ……怖いですよ……。

銀子ちゃんは片目だけでギロリとこっちを見ると、

「……誕生日にもその次の日にも顔を出さないどころか連絡一つ入れて来ないのに彼氏ヅラするわけ？　昨日だって対局終わってからメールくらいできたよね？　頓死してたの？」

「いや、終わってからも朝まで感想戦やってて……途中でスマホ触るのは失礼かなと……」

「………三段リーグは途中で女に会ってたくせに………」

「へ？　なんて言ったの？」

「貴様には頓死すら生温い。苦しんで死ね」

うおお……な、何だこの怒り具合は……？　数年くらい溜めに溜めた怒りが急に噴き出してるような感じすら受けるぞ……。

「ご、ごめんよぉ………でも感想戦が長引いちゃって、もう病院の面会時間が終わってるから通話もメールも控えようかなって。それに――」

「それに？　なに？」

「これは直接、渡したかったから」

　ここで俺は隠し持っていた秘手（はこ）を繰り出す！

「お誕生日おめでとう。銀子ちゃん」

　神戸で買っておいた誕生日プレゼントだ。アイテム投入である。

　最初は不審そうな表情で箱を開けてた銀子ちゃんだけど……中身を見て、目を大きく開いた。

「え……？　これって――」

「そう。俺が使ってるのと同じメーカーの腕時計だよ」

　普段はスマホを時計代わりにしてるから、腕時計は主に対局中に畳に置いて時間を確認するのに使ってる。腕に巻かない腕時計。棋士あるあるだ。

「実はその…………ゆ、指輪とかも考えたんだけどね？」

「!?!?!?!?!?」

「考えたんだけど!!　けどッ！　そ、それはちょっと重いかなぁと思ったから……日常でも対局でも使えるものを選んだんだ。付けてもいい？」

「あ…………う、うん……」

　俺は銀子ちゃんの細い腕に時計を巻いてあげる。

　対局でも使えるよう実用重視。かわいいけどシンプルなものだ。

　それでも銀子ちゃんが身に付けると……どんな高価なブランドの時計よりも輝いて見えるのは、俺の贔屓目だけじゃないはず。

「……綺麗だよ。銀子ちゃん」

そして俺はこの瞬間のために用意していた言葉を贈る。

「これからは…………俺と同じ時を刻んで生きてほしい」

クサ過ぎると怯んではいけない。

銀子ちゃんは恋愛に関する免疫がゼロなので、こういう台詞が効果絶大なのだ。特効だ。

「やいち……」

それまで氷みたいに固かった表情が、みるみる融けていき――

「そ、そこまで言うなら………………使ってあげても……いい…………♡♡♡♡♡」

語尾に五つくらいハート並んでる感じの反応キタッッ!!

……まあ時計を選んでくれたのも台詞を考えてくれたのも帝位戦第二局に観戦記者として神戸まで付いて来た鵠さんなんだけどね？

しかしそれも銀子ちゃんのことを大事に想えばこそ！　付き合い始めて最初のプレゼントなんだから失敗できない。女性の意見を参考にするのは当然だ。

そのまま銀子ちゃんの手に指を絡ませて、俺は尋ねる。

「よかった。許してくれる？」

「…………半分許す」

「半分？」

「ん……」

銀子ちゃんは俯くと、消えそうな声で『半分』の理由を口にする。

「誕生日の夜………夢の中に出てきてくれたから、はんぶんだけ……ゆるす」

その瞬間、俺は自分も恋愛に対して全く免疫がなかったことを思い出した。

だから普段はツンツンしてる銀子ちゃんから急にこんなデレデレな台詞を顔を真っ赤にしながら言われたら、それだけで理性が頓死する。特効だ。

無理。もう無理。

「銀子ちゃんっ‼」

世界一かわいい俺の恋人を堪らず抱き締めてしまう。

「きゃっ⁉　ちょ、や、八一……急に抱きついてくるなんて……誰か来たらどうす――」

「結婚しよう」

「え……」

思わず口走っていた。

けど本気だ。ずっと考えてたし。

「一緒に師匠に挨拶に行こう。結婚の許可を貰おう」

「だ、だめだよ………だってまだ私、十六歳だし………」

「法律だと男は十八歳、女の子は十六歳から結婚できるんでしょ？　二人とも条件もう満たしてるじゃん。何が問題なのさ？」

「けど、もうすぐ法律が変わって女性も十八歳からになるし……」

詳しいなこの子？

「だったらなおさら今のうちに結婚しておかないと！　ほら急いで急いで」

「た、確かに………じゃない！　やっぱダメ‼」

銀子ちゃんは俺の腕の中で抵抗を試みる。

「そもそも八一、あの小童が中学卒業するまでにタイトル獲れなかったら旅館に婿入りするんでしょ？　わ、私なんかと結婚していいの？」

「あいはタイトルを獲るよ。必ず」

俺は断言した。

「あと四年半もあるんだよ？　むしろ四年半後にあいが女流タイトルを獲ってない未来を想像するほうが難しいって。銀子ちゃんもそう思うでしょ？」

「…………………あの金髪の小さいのは？　お嫁さんにしてあげるって約束したんでしょ？　私より先に……」

「シャルちゃんはフランス人だからお嫁さんが二人いたって許してくれ……痛い痛い！　冗談

だってば‼　あの子は俺のお嫁さんより弟子になりたいみたいだから、ちゃんと説明すれば大丈夫です‼」

「…………やっぱり、ダメ。結婚は……」

「じゃあ婚約でも結納でもいいよ。とにかく結婚前提で付き合おう」

「……………でも……」

「二人ともプロになったんだからもう一人前でしょ？　すぐ一緒に暮らしたり世間に公表するのは無理としても、大切な人たちにはきちんと説明しておきたい。あいとシャルちゃんに説明するのも早いうちのほうがいいし」

「け、けど……」

「俺と結婚するの、イヤ？」

「…………だって……」

「だって……何？」

いったい何が銀子ちゃんの中で引っかかっているんだろう？

答えを促す俺に、驚愕の理由が語られる。

「だって八一……もし、その…………あ、ああ、赤ちゃんが生まれて、それが女の子だったら…………私よりその子のことを好きになっちゃうでしょ？」

「子煩悩って意味だよね？」

「ううんロリコンって意味」

今年聞いた中で一番のパワーワードが飛び出した。ううんロリコンって意味!!

「二人の娘なんだからいいでしょ!?」

「やだ!!　私が一番じゃなきゃいやっ!!」

ああ何だこれ。

何だこのかわいい生き物。何なんだ？　かわいいこと言わなきゃ死ぬ生き物なのか？　先にこっちが死にそうなんだが？

「じゃあ約束する。もし、その……二人の子どもが生まれても、銀子ちゃんを絶対に一番好きなままでいるから。それなら結婚してくれる？」

「…………考えとく」

銀子ちゃんは小さく呟いた。手を繋いだまま。真っ赤な顔で。

それからベッドに並んで座って、しばらく結婚式の話で盛り上がった。

「結婚式は髪を伸ばした銀子ちゃんを見てみたいなー」とか「関東の棋士も呼びたいから東京でも披露宴やろうか？」とか。

けど盛り上がった割に長くは続かなかった。結局俺たちは将棋しか知らない。結婚式の知識なんて何となくのイメージだけだ。

　だから自然と話は将棋のことに。

「……ってな具合に、指が自然と急所に伸びるんだよね！」

　昨日指した順位戦について俺は機嫌良く喋りまくる。帝位戦第二局は負けちゃったけど、順位戦はここまで全勝。B級2組が見えてきた。

「調子がいい時ってそうよね。終わってから振り返ってみると、私も三段リーグはそんな感じで何度も指運に救われたし」

「秒読みだと特にそうだよね！　読み切れないから直感を信じるのが大事っていうかさ。自分を信じられるからリスクを取る決断ができて、それが好循環に繫がってる感じかな？」

「………………」

「対局の間隔が詰まってるのが俺には合ってるのかも。ここまで忙しいのは初めてだけど……強制的に次の将棋のことを考えなきゃいけないスケジュールってのは、負けた将棋をウジウジ振り返らずに済むしね！」

「………………」

「二冠、獲れるかなぁ？　ここまで来たら獲りたいなぁ……けど獲ったところですぐ於鬼頭さんと竜王戦だし、そこで失冠したら一冠に逆戻りだし、そもそも帝位戦でも竜王戦でも負けて無冠に転落なんてことも……っと！　いかんいかん！　こういうことを考えないようにって言ったばっかかなのにね？」

「…………わたしも……」

「あ、ごめん。俺ばっか喋っちゃって」

久しぶりに会えたから調子に乗ってしまった。対局後でハイになってるのかも。

「わたしも？　何だった？」

「わたしも……竜王戦、封じ手があるから……練習しておきたいんだけど」

「へ？」

封じ手？

急に何の話かと思ったが……銀子ちゃんの真っ赤な顔を見て、その意図を察した。

「来期の竜王戦がたぶん私のデビュー戦になるし……勝ち上がってタイトル戦に出れば、封じ手をすることになるでしょ？」

「なるほど。うん。確かにそうだね」

随分気の早い話ではあるけど、俺自身がそのルートを辿っただけに否定はできない。銀子ちゃんの棋力は当時の俺と比べて遜色ないと思うし。

「けど問題は俺が今期も防衛した場合そのタイトル戦をする相手が俺だということなんだけど？」

「じゃあ八一も練習できて一石二鳥じゃない」

そう言うと、銀子ちゃんは目を閉じて、口元を少しツンと突き出すようにする。

初めて銀子ちゃんからのおねだりキスである。

もうそれだけで興奮が大変な状態になっている。いろいろスイッチが入っちゃう。

はっ⁉

ま、まさか……俺が銀子ちゃんをチョロいと思ってたのと同じように、銀子ちゃんも俺のことをチョロいと思ってる⁉　いやいや考えすぎか……。

「「んっ……♡」」

いつもより長く、俺たちは互いの唇を吸い合った。

「ちゅっ…………すき…………やいち、すき…………♡」

プレゼントが効いたのか、それとも会えなくて寂しかったのか、もしくは結婚の話が火を点けたのか……銀子ちゃんは積極的だ。

またしばらく会えないしなぁ……と思った瞬間、俺の中で野心が芽生えた。下心とも言う。

——行ける……か⁉

俺はリスクを取って決断をした。

最近は対局でも自然と指が急所に伸びる。こういう時は直感に従ったほうがいい結果に繋がるのだ。

——自分を信じて…………触る！

唇が離れた一瞬の隙に、俺はそのまま銀子ちゃんの首筋にキスをした。

「きゃっ⁉　ふぁ……ちょ、ちょっと………んッ♡　だ、だめぇ………♡」

あ、これはダメじゃないほうの『だめ』だな。

しかもこんなトロトロの顔でだめって言われたら逆に止まれなくなる。俺のせいじゃない。

俺は銀子ちゃんの肩を抱いていた手を……ゆっくりと、下へ。

胸に存在する小さな膨らみを掌（てのひら）で優しく包み込む。

「んンっ……！　だめ……だってばぁ……♡♡」

ふむ。

ほほぅ？　これはこれは……。

服の上からではあるが、予想よりちゃんとした膨らみだ。

まな板だの断崖だの将棋盤だのさんざん言ってきたことを反省する程度には、ある。心の中で謝っておこう。ごめんなさい。

「あっ……ふぁ……は………♡」

互いの口を封じていた唇が離れて、銀子ちゃんが反射的に俯（うつむ）く。ピクっと小さく震える姿がたまらなく愛（いと）しい。かわいい。

その反応を利用して今度は唇を銀子ちゃんの耳へ。軽く舌を這わせながら、息を吹きかける。

「ひぁっ⁉　や………♡♡♡」

びびくぅッ！

小さくだけど、銀子ちゃんの全身が痙攣（けいれん）するみたいに震えた。

それまでとは全く違う反応に、俺は自分が急所に手を掛けたことを知る。

固い銀冠穴熊（あなぐま）を攻略する糸口を摑（つか）んだのだ……！

だんだん、だんだんと動きを大胆にしていくと——急に銀子ちゃんの反応が鈍くなった。

「ん？　……どうしたの？　痛かった？」

「…………………………け」

け？

よく聞こうと銀子ちゃんの口元に顔を寄せた、その瞬間。

甘い空気を切り裂くように白くて細い指が伸び——俺の喉（のど）に鋭く喰（く）い込む!!

☖　前の女（モトカノ）

「ぐがッ⁉」

「吐け」

喉仏（のどぼとけ）に親指を喰い込ませながら、銀子ちゃんは低い声で詰問してくる。

「前の女とは、どこまでした？」

「ま、前の……女……？」

「祭神雷よ。ここまで来てシラを切るつもり？」

「付き合ってないって言ってるじゃないですか！　あいつとは……ぐっ！　ま……マジで……ちょっとだけ将棋指してただけ……ですから……ッ!!」

「二人きりのカラオケボックスで、だったっけ？　そんな場所であの野獣みたいな女が黙って将棋だけ指してるわけないわよね？」

祭神雷女流帝位（じょりゅうていい）は、俺と同学年の関東所属女流棋士。

俺は新宿御苑（しんじゅくぎょえん）で雷に告られたがちゃんと断ったし、あいつが全裸で俺の部屋に上がり込んでた時も指一本触れなかった。っていうか怖すぎて近寄りたくないよあんなの！

「吐け。全部吐け」

けど銀子ちゃんは俺の言葉を全く信じてくれない。ずっと俺と雷の関係を疑い続けてるようだ……将棋の才能で雷に劣るという敗北感も影響してるのか？

そんな劣等感、プロになったら消えそうなもんなのに……。

銀子ちゃんは凄い握力で俺の喉に指を喰い込ませ続けている。死ぬ死ぬ。

「押し倒されたの？　それとも……押し倒したの？」

「ッ…………!!」

ナースコールのボタンは……くそ！　ご丁寧に遠ざけてある!!

あ、穴熊を攻めてたと思ったが……逆に、攻めさせられてたのか……!?　完全に負けパターンじゃねえか……!! 攻めが……き、切れるぅ………!!

「ほ……本当に………何もやってないっ……てッ!」

「…………………………じゃあ、どうして……」

今度は急に自信がなくなったようにモニョモニョと、銀子ちゃんは疑問を口にする。

「どうしてそんなに…………えっちなこと……上手なのよ……?」

その瞬間、銀子ちゃんが俺と雷との関係を疑った理由を全て理解した。

そっか。それで不安になったのか……。

喉に喰い込んだ指が少しだけ緩くなって、俺は新鮮な空気を貪りつつ言葉を返す。

「お、男の世界じゃよくそういう話になるんですよ。下ネタっていうか……道場のお客さんが酔っ払って話してたり。あとは――」

ここで調子に乗って正直に「そういう動画を見て覚えた」と言ったら「私にも見せろ」という答えが返ってきて、見せた動画に出てくる女優さんが仮に桂香さんそっくりな巨乳とかだったら「ぶちころす」だろう。簡単な三手詰だ。どこに逃げようが俺は詰む。

「あとは――――学校で教わりました」

ここは何としても誤魔化さねば!

「……学校?」

「はい。男女が分かれて性教育の授業を受けましたよね? そのときに男子は、こういう場合に男からリードする方法を一通り教わるんです。女子は教わらなかったんですか？」

「…………」

「あ、銀子ちゃんはあんまり学校に行ってなかったから、そもそもそういう授業を受けてなかったのか。そうかだからこの程度のことも知らないのか……」

「しっ、しってるもん！　そのくらい常識でしょ？　バカにしないでよ」

バカだなこの子。

「……とにかく、恋人同士になったからって調子に乗らないこと。そういうのは…………もうちょっと……あと…………」

「もうちょっと？　それは何週間後くらい――」

「う、うるさい！　ダメったらダメ！　頓死しろエロ王ッ!!」

「はいはい」

ベッドから俺を蹴落として毛布の中に潜り込んでしまった白雪姫。穴熊攻略失敗である。

告白してからようやくロリ王って呼ばれなくなったかと思ったら、今度はエロ王ですか……

まあいいけどね。かわいいから。

「いくらでも待つよ。銀子ちゃんが嫌なら、結婚してからでもいいし」

「っ………!!」

「家族で将棋のリーグ戦ができるように、子供は偶数ほしいかなー？」

「っっっ〜〜〜………!!」

じたばたじたばた。毛布の中で足をバタバタさせるお姫さま。

ゆっくりゆっくり進んでいけばいい。行きすぎてしまったら、こうしてちょっと戻るくらいがちょうどいいんだ。

俺と銀子ちゃんが離ればなれになることなんて、もう絶対にないんだから。

☗ その疵痕を確かめる

「病棟の出口まで送る」

「え？　いいのに……」

「送るっ！」

俺が次の対局地である仙台へ向かおうとすると、銀子ちゃんはこっちの服の裾を摘んだまま病室の外まで付いて来た。かわいくない？

「けど……傷はもういいの？」

一緒に来てくれるのは嬉しいが、入院するような怪我人を歩かせるのは気が引ける。

「三段リーグの最終局で気を失いそうになって、気合いを入れるために胸を叩いて骨折したんでしょ？」

「骨折は大げさよ。少しヒビが入っただけで心臓も肺も血管も傷ついてない。痛みもほとんど無いから飲み薬だけで湿布すら貼ってないし」

「それはさっき自分の手で確かめたよ。銀子ちゃん俺に触られて気持ちよさそ……痛い痛い痛い折れちゃう折れちゃう俺の骨が折れちゃうからぁッ!!」

銀子ちゃんの胸に触ろうとしたのは、下心からじゃない。

いや、まあ下心もあったんだけど……この子の身体が本調子かどうかを自分の手で調べるためでもあった。

最初はやけに機嫌が悪そうだったから切り出せなかったけど、そのことを確かめないまま帰るわけにはいかない。

そしてもし傷が酷いようなら仕事を休ませる。誰が何と言おうと。

そんな俺の決意を感じ取ったんだろう。

銀子ちゃんは急にこんな話を始めた。

「この病院ね？　月光先生が若い頃に目の治療を受けた病院なんだって」

「会長が？」

将棋連盟会長・月光聖市九段。

棋士にとって死刑宣告に等しい目の病を告げられたのに、盲目になってから永世名人まで上り詰めた人物だ。激務の中でA級を守り続けるバケモノでもある。

俺たちの師匠の兄弟子にも当たり、それもあって幼い頃から何度も助けてもらってきた。

「月光先生、最初に名人を獲る前からもう目が悪くなりかけてたんだって」

「マジで⁉」

会長は中三でプロになり、ノンストップで順位戦を駆け上がった。

名人を取ったのは二一歳の時だ。

三十年間破られない史上最速の記録……なんだけど、今の話を聞くとその早さの本当の理由がわかった気がした。

「じゃあ……十代の頃からもう、目が？」

「うん。けどこの病院は、その秘密を守り通してくれたって」

会長は目のことを知られる前に何としてでも名人を獲ろうとしたんだろう。自身の弱点を知られても勝てるほどプロは甘くない。

そして同時に、盲目でも将棋を指せるよう準備を進めた……。

「私は大した怪我じゃなかったけど、会長がこの病院を手配してくれて。治療が必要なのは事実だし、それにマスコミも病院まで押しかけて来ないし」

今や銀子ちゃんは完全に時の人だ。

東京での仕事が山ほどあるだろうし、プロになった以上それを断れない。安全な活動拠点が必要で、病弱なこの子にとって病院ほど安心できる場所は確かにちょっと見当たらない。会長の読みは正しい。

それはわかるんだけど……。

「……でも、いくら設備が整ってるからって病院なんかじゃ寛げないでしょ？　俺が信用できる宿を紹介するから、そこに移ったらどうかな」

「どこ？」

「実はね？　東京に『ひな鶴』ができるんだよ！」

「…………」

「順位戦の前日に泊まらせてもらったんだけど最高でさぁ～！　温泉も入れるし料理も美味いし和室もあるから将棋も指し放題だし！　おまけに清滝一門なら家族同然ってことで安く泊め痛い痛い痛い折れちゃう折れちゃう！　ど、どうして宿を勧めただけで暴力を揮う⁉」

「何となく？」

そんな雑な理由で人の骨を折ろうとするの……？

愕然とする俺の心の中を見透かしたように、銀子ちゃんはこう言った。

「心配しなくていいよ、八一」

「私は小さい頃からずっと病院にいたから、かえってここが落ち着くの……か」

東北新幹線に乗り込んだ俺は、少しだけ安心していた。

銀子ちゃんが普段通りだったことに。

三段リーグは、あの子に苛酷な戦いを強いた。肉体的にも、精神的にも。

そして俺が心配していたのは……身体よりも、心。

十六歳になるかならないかの女の子が、大人の男でも逃げ出したくなるほどの地獄で戦い続けたんだ。

しかも最後には恩人の首を斬るという役目まで背負わされた。

——俺だったら、その苦しみに耐えられるかどうか……。

ましてや銀子ちゃんは普通の人よりも繊細だ。あの子が途中で将棋から逃げようとしたことを俺は知っている。

——俺だけは……将棋があの子を傷つけたことを知っている。

だからどうしても確かめたかった。その疵痕を。どんな医者も気付けない……それは俺にしか正確に測ることができないと思ったから。

それにしても——

「………やっぱ腕時計にしておいて正解だったな。こっちじゃなくて……」

俺はスーツのポケットに入れていた小さな箱を取り出して、苦笑する。

お互いの指のサイズもわからないまま、けれどどうしても欲しくて買ってしまった、ペアリングを。

「第二譜」
供御飯万智

☖　リベンジ

「定刻になりましたので、雛鶴先生の先手番で対局を始めてください」

「よろしくおねがいしますっ！」

遂に始まった、女流名跡リーグの開幕戦。

雛鶴あいは対局開始とほぼ同時に初手で飛車先の歩を突いた。

——この人と再び戦う時が来たら、絶対にこの手を指そうと決めていたから。

「…………はぁん？」

立て膝姿で上座から盤を見下ろすその女性は、あいの初手を見て片目を大きく見開いた。

「なるほどな。女王戦のリベンジってわけか……泣かせるねぇ」

あいの相手は————女流玉将・月夜見坂燎。

女流棋士になる直前、女王戦の本戦で当たってボロボロにされた。

——あの時はまるで将棋にならなくて……わたしだけじゃなく、師匠まで侮辱されて……！

あいの『絶対に許さないリスト』のトップに血文字で記された女流棋士だ。

「いいぜ？　小学生がせっかく用意してきた夏休みの自由研究だ。このオレ様が審査してやるよっ……と！」

指を撓らせて、月夜見坂も飛車先の歩を突き伸ばす。相掛かりを受けて立つという契約に、その指でしっかりと判を押すかのように。

――よしっ!!

あいは左手に持っていた扇子を密かに握り締める。

必勝の策があった。

――使うよ。澪ちゃん。

親友の水越澪ちゃんが教えてくれた、新しい相掛かり。

将棋ソフトが最善だと弾き出した戦法で、あいは女流玉将に挑む！

「すうう――――……うんッ!!」

飛車先の歩の突進を途中で止め、その代わりに玉の位置を整え、さらに3筋の歩を突いて桂馬の跳ねるスペースを作る。

女流棋士になったことで使えるようになった公式戦棋譜データベースで検索してみると、その戦法はある時期から何十局も指されていたし、先手の勝率が七割を超えていた。

その前例を、あいは全て暗記した。

――澪ちゃんが残してくれた手紙も、ぜんぶ頭に叩き込んだ。

そのうえであいは、大師匠である清滝鋼介九段の家の二階に設置された高性能のパソコンを借りて、最善手をさらに深く深く掘り下げた。

ソフトがいいと言う手を丸暗記するだけではない。

自分なりに理屈を考えて、あくまで人間同士の対局に出現しそうな筋を中心に、最善手から派生していく枝を丹念に追って行った。

一本の大きな木を育てていくような感覚……あいはその行為に熱中した。ヘタだった序盤は劇的に改善された。

——あの先生からも序盤が上手(うま)くなったって認めてもらえたもん！

大天使とも称される月夜見坂は、相掛かりや横歩取(よこふど)りといった空中戦を得意としている。その優れた序盤研究と大局観に、あいは全く歯が立たなかった。

大局観は一朝一夕で身につくものではない。あいもそこまで将棋を甘く見てはいない。

しかしソフトが革命を起こしたことで、千年以上かけて人類が積み上げてきた感覚が一日にして崩れ去ったのもまた事実なのだ。

雛鶴あいは革命を起こそうとしていた。師匠(やいち)のように。

——乗り越えなきゃいけないんだ。この人を……以前(まえ)のわたしを!!

理想型に組み上げたあいは、月夜見坂の出方をうかがう。

しかし——

「えっ？　…………えッ⁉」

月夜見坂がひょいと動かした駒(こま)を見て、あいは雷が落ちたかのように衝撃を受けた。

「こ、こんな手……成立してるの⁉」

意味不明だった。

何の攻めにも受けにもなってない。コンピューターもこんな手は候補にすら挙げなかった。

当然だ。人間が見ても一秒でわかるレベルの悪手なのだから……。

「意味がわからん、って顔してんな？」

《攻める大天使》は悪魔のように尖った犬歯を剝き出しにして笑うと、

「バーカ。こんなクソみてぇな手に意味なんてあるわけねーだろ？　ハンデだよハンデ。ほらほら好きに殴ってこい」

自分の頬を右手でペチペチと叩いて煽りながら、月夜見坂はそう言い放つ。

「ッ……!!」

つい反射的に盤へ右手が伸びそうになったあいは、スカートの端をきつく握ることでそれを堪えた。

『軽率な手を指さないよう右手でズボンを握り締めるから、右膝にだけ皺が寄る』

清滝一門に入って最初に教わったことだ。

それは言葉ではなく、師匠である八一の対局姿を見ていて自然に身についたものだったけれど、あいは常にその教えを守っていた。

「ふぅう――――……………」

深呼吸してから、あいは持参した水筒のお茶を飲む。落ち着け。落ち着け。落ち着こう……。

落ち着いて――――――殴り殺そう。

「…………………こう…………」

あいは前傾し、前後に大きく揺れ始めた。

理想型以上の状態から一気に投了図へと盤上を変化させるべく、思考の翼を広げる。

「こう……こう……こう……こう……こう……こう、こう、こう、こう、こうこうこうこうこうこうこうこうこうこうこうこう――――――こうッ!!」

そしてあいは遂にスカートから手を放した。総攻撃だ。

月夜見坂はノータイムで受ける。居玉ですぐ潰れそうな陣形のまま。

それでも油断無く時間を使って読みを入れながら、あいは攻める。相手の心臓が止まるまで手を休めず攻め続ける！

「こうこうこうここうこうこうこうこうこう――――こうッ!!」

「ハッ！　いいぜどんどん攻めてこいやぁッ!!」

受ける月夜見坂は常にノータイム。前回も互いにノータイム指しだったので、あいはその異様さに気付かなかったが――

「こうこ

「……………………うッ⁉」

読んで。

読んで、読んで、読んで読んで読んで読んで読んで読んで読んで読んで読んで────

極限まで読んだ、その先で。

あいは気付いてしまった。

「わ、わたしが良くなる変化が……………………ない⁉」

愕然とする。

理想型を組み上げたはずだった。

その理想型は人類よりも遙かに強い将棋ソフトが『最善』と結論づけたもののはずだった。

さらに相手の明確な悪手によって理想以上の形になったはずだった。

──それなのに……どうして⁉

混乱するあいに記録係から無情な一言が発せられる。

「雛鶴先生。これより一分将棋です」

「えッ⁉」

──し、しまった！　優勢にできると思って時間を使いすぎて……⁉

絶望する時間すら残されていないほどの絶体絶命。あいは選択を迫られる。

形勢不利を自認した側に残された道は、二つ。

不利という現実に目を瞑り、相手が間違えてくれるようお祈りしつつ王手を掛け続けるか。

もしくは不利を自認したことを相手に悟られてでも、方針を転換して粘りに出るか。

あいが選んだのは――――

「………こうッ!!」

自分の頬を殴りつけるかのように激しい手つきで、自陣へ駒を打ち込む。

粘りの手を。

「ハッ！　ようやく気付きやがったか。ま、素直にゴメンナサイできるのは小学生にしちゃ偉えじゃねーか」

それまでの自分の方針を否定する手を指す……俗に『反省』したあいの判断を称賛した月夜見坂は、身体の正面に引き寄せた脇息に肘を突きながら、

「その態度に免じて教えてやるよ。どうしてオメーがソフトの最善手を指し続けてるのに、負けになってたのかをな」

「ッ!!」

あいは顔を上げて月夜見坂を見る。

「帝位戦第二局で於鬼頭のオッサンがやったのと同じだよ。師弟で同じ罠に引っかかるたぁ仲がおよろしいこって」

「え……？」

「お？　見てねーの？　じゃあ逆に仲が悪ぃのか？　それとも……自分の対局で頭ン中いっぱいで、師匠のタイトル戦なんか構ってらんねーか？　んー？」

「ッ…………!!」

「ははっ！　御主人サマの後をチョロチョロ追いかけてくだけだった犬コロが、随分と人間らしくなってきたじゃねーか？」

月夜見坂はそう言いながら、盤上の一点を指さす。

あいが悪手と判断し、月夜見坂もハンデと言い放ったその手を。

「オレのこの見え見えの悪手でオメーが得たのは、評価値プラス一〇〇点ってとこだ」

「え⁉」

あいは思わず腰を浮かして叫んでいた。

「た、たったそれだけ……？」

「意外だろ？　こんな悪手を指しても一〇〇点くらいしか変わらないってのは」

人間同士の対局では全く形勢に影響しない、わずかな差。

「この手を見た瞬間、オメーはこう考えた。『後手が悪手を指して、先手は手得した。だから局面はかなりいいはず』ってな。けど実際の形勢はまだまだ互角だったのさ」

形勢を楽観視したあいは、強引に開戦。

しかし一向に差が付かないどころか、いつのまにか敗勢に陥ってしまった。

なぜなら――

「ここから先の局面を研究してたのはオレだけ。オメーは盤上の小さな違いを放置したまま指し続けた。なぁ教えてくれよ？　なに食ったらそんな脳天気になれるんだ？」

「あ…………あぁ…………」

あいは次第に青ざめていく。

ソフトは、最善手ならいくらでも教えてくれる。

――けど……ソフトの使い方は人間が考えなきゃダメだったんだ……！

「これが本物の研究だ。これがソフトを使うってことだ。最善手なぞるだけで勝てるなら誰も苦労しねぇんだよッ!!」

「…………………」

反論する言葉もないほど打ちのめされ、将棋でも敗勢。

あいは大きく天を仰いだ。

そして――

「そっかぁ…………やっぱり、だめかぁ………………」

そっかぁ……そっかぁ……と、何度も繰り返す。

その様子を見た記録係は、終局に備えて机の上を密かに整理し始めた。

すぐにでも投了すると思われたあいは、大きく息を吸い込むと――――

「ふぅぅ――――――…………………………こう、こう、こう、こう、こうこうこうこう――」

再び盤に向き合ったのだ。

しかも、さっきよりも深く前傾して。

「ほー？　まだやるってか？　根性あるな」

月夜見坂は舌なめずりしつつ盤上に手を伸ばすと、

「だがオレ相手にこの状況から粘りが利くと思ってるなら死ね」

引き寄せていた脇息を荒っぽく払いのけた《攻める大天使》は、異名そのままに襲い掛かった。女流タイトル保持者の精確無比な攻めは的確に最短距離で先手陣の弱点を突く！

それでもあいは諦めずに曲線的な手順で抵抗を続ける。

「こうこうこうこうこうこうこうこうこうこうこうこうこうこうこうこうこうこうこう!!」

「こうこう五月蝿ぇんだよ雑魚がぁぁぁぁッッ!!」

――泥臭く！　粘り強くッ!!

あいが入門して二番目に教わったのがそれだった。

――心が……心が折れなければ負けじゃない……っ!!

最後の最後まで勝利を信じて全力を尽くす。自分の脳から搾り出した手を指す。

それが関西将棋の血脈。血の通わないコンピューターでは実現できない将棋を、あいは盤上に出現させようとしていた。

「チッ！　もう指す手がねーってのにゴチャゴチャ意味のわからねェ手で棋譜を汚すなってんだ！　これ以上は時間の無駄だろうがよ！　頭金まで指すつもりかぁ？」

　その言葉通り、あいは意味の無い手を指しているように見えた。記録係すら冷めた目で溜め息を吐くほどに。

「投げっぷりの悪さは師匠譲りだな！　お望みどーり即詰みに討ち取ってやんよッ‼」

　月夜見坂は駒を摑むと、王手を掛けるべくそれを盤上に打ち込んだ。

　さらに投了を促すよう、ぐりぐりとネジ込む。

　あからさまなその手つきが――――月夜見坂を救った。

「んんっ？　…………んんんんー？」

　打ち付けた駒に触れたまま、月夜見坂はぐぐっと盤に顔を寄せる。指はまだ離れていない。

「う⁉」

　今度は月夜見坂が雷に撃たれたかのように固まる番だった。

「ま、まさかッ……⁉　おいおいおいおい……じょ、冗談だろ……？」

……その様子を見ていたあいは、盤の下で悔しそうに扇子を握り締めた。

　形勢不利を自認した側に残された道は、二つ。普通の棋士ならば。

　しかしあいは三つ目の道を選んでいた。

不利を自覚したことを相手に悟らせてから——相手に悟られないような罠を仕掛ける。

「か、簡単な並べ詰みだと思ったら…………最後に打ち歩詰めがある、だと……？」

月夜見坂は指を離す寸前だった駒を持ち上げて駒台に戻すと、

「焦ったぜ…………偶然とはいえ、最後の最後にこんな詰将棋みてーな筋が残ってたとはな。危ねぇ危ねぇ……」

それは極めて精巧に作られた、時限爆弾。

月夜見坂は残っていた大量の持ち時間を全て使い切ることで、あいの仕掛けた罠を一つ一つ解除していく。

敗勢の一分将棋の中で、わずか十歳の少女が、意図的に打ち歩詰めの局面を作り上げた……などということを、しかし月夜見坂は信じようとしなかった。駒を動かしたその指は、激しく震えていたけれど。

「さ、三十びょうー……四十びょうー…………五十びょうー、いち、に、さん、し、ご——」

それまで淡々と秒を読んでいた記録係の声もまた、語尾が震えていた。

秒を読まれるまで敗北の局面を見詰めていたあいは、ようやく頭を下げる。

「負けました」

自らの敗北を認めるその声は、しかしその場の誰よりも凜としていた。

☗ 八つ当たり

「おいおいザコ過ぎねぇか？」

記録係が席を外して対局室に二人きりになると……自分でも意識してなかった言葉が堰を切ったように口から溢れ始めた。

「ソフト発の相掛かり。振り飛車党ばっかの女流棋士ならそんなモンの対策なんてしてねーって思ってたか？」

頓死しかかってまだバクバクいってる心臓の音を上書きするように、オレはまだ頭を下げ続けてるそいつに、罵声の雨を降らせる。

「オメーがやったのはネットに載ってる『夏休みの自由研究』をまんまコピーして提出したようなもんだ。んなもん先生お見通しだっつの。自分がしでかしたことがどれだけクソかわかったか？　あ？」

手にした扇子でガキの顎を持ち上げて、顔を見てやった。

てっきり泣いてるかと思ったら――

「ッ……⁉　このガキ……‼」

そいつはオレの顔を真っ直ぐに見詰めていた。

泣くでもなく、睨むでもなく、ただ何か強い意志のこもった目で……。

無性に腹が立った。腹が立って仕方が無かった。

「ソフト使ってお勉強すりゃ、お師匠サマや銀子みてーに自分も勝てると思ったか？　女流棋士なんてぶっちぎってリーグ全勝でタイトル獲れると思ったか？」

「そんなことは――」

「思ってんだろ将棋見りゃわかんだボケッ!!!」

反論しかかった小学生の言葉を遮るようにオレは扇子で駒台を激しく叩く。

「消えろ。将棋ナメんな」

オレがそう吐き捨てると、小学生はその場で深々と頭を下げる。

そしてこう言いやがったんだ。はっきりとした声で。

「教えていただきありがとうございました」

「ッ………」

自陣の駒だけ中央に寄せると、小学生はもう一度礼をして、対局室を出て行った。

オレがそのまま座ってると……プリントアウトした棋譜を持って対局室に戻って来た記録係が、手にしていた棋譜用紙を丸めてオレの頭をぽこんと叩く。

「らしくないし。燎ちゃん」

恋地綸女流四段。

女流棋戦の記録はなるべく女流棋士が取るようにってお達しが出てるから、こうやって対局者より高段の棋士が記録席に座ることもある。

「うっせーな……研究でハメて勝つなんてタイトル保持者らしくねーってご批判なら――」

「ううん。将棋はむしろよかったと思うし」

「はァ？」

「事務局で他の将棋の結果も確認してきたけど……今日の将棋会館、大荒れだったみたいだし。ベテランが二歩打って負けたのが一局。角の動く筋を間違えて反則負けになったのが一局。気の抜けたような早投げで終わったのが三局。かと思ったら相入玉の泥仕合が二局も出て、まだ指し直してるし。ここの将棋が一番まともだったし」

「ン……だと？」

異常だ。明らかにみんな浮ついてる。

銀子が四段になったことで……女流棋士は『自分たちはもう必要ない』って恐怖と強制的に向き合うことになった。

諦める者。認めない者。反発する者。

どいつもこいつも銀子を意識しすぎて、自分を見失ってる。オレも含めて……。

「作戦は稚拙だったけど……あの子だけかもだし。ただひたすら勝つことだけを考えて将棋を指してたの」

小学生が座ってた場所を眺めつつ、恋地は羨ましそうに囁いた。

座布団には、小さな膝の跡が二つ、くっきりと残っている。

一瞬も身じろぎせず、一度も正座を崩さず、戦い続けた跡が。

この将棋会館であいつだけが……銀子じゃなく、将棋のことを考えてた。

大好きなお師匠様の将棋すら目に入らないくらい……自分が勝つことだけを考えて、最後の最後までオレに喰らいついてきた……。

「あの子、噂の《竜王の雛》っしょ？　研究外しされて序中盤でガタガタになったのに、終盤しっかり罠仕掛けてきてるし。燎ちんクラスじゃなかったら負けてたと思うし。っていうか燎ちんも負けそうだったし？」

「……狙ってあんなの出るわけねーだろ。偶然だよ、偶然」

「潰すにしても、ああいう潰し方はやめてって思うし。銀子ちゃんと同門で話題性あるし、女流棋界にとって貴重な人材じゃんし？　てか何なら所属も関東に変えてイベントとか中継にガンガン出てほしいし。もっと注目集めなきゃ、せっかく来たあの話だってポシャるかも――」

「わーってるよ！」

オレは恋地の差し出した棋譜用紙を引ったくると、それを丸めてゴミ箱に突っ込んでから、駒を片付けずに対局室を出た。「ひどし!!」っていう絶叫が聞こえてきたが知るかボケ。

駐めておいたバイクに乗る。

そして当てもなく走りながら、オレは叫んでいた。

「……教えていただきありがとうございました、だと？　クソがッ!!　ガキのくせに自分だけスッキリしたような顔しやがって……!!」

教えて欲しいのはこっちだ。

どれだけ走っても追いかけてくるこの敗北感から逃れる方法を。

☖　清滝桂香の奮闘

「ありません」

対局相手がそう言って頭を下げた瞬間、私は思わず聞き返してしまった。

「へ？　何が………あっ!!」

勝った？

え!?　私の勝ち!?

「あ、ありがろうござひましたっ！」

嚙みっ嚙みで頭を下げる。今日の相手は右左口翠女流三段。タイトルに挑戦した経験もある強豪で、まさか勝てるとは思ってなかった。

終わってから冷静に棋譜を読み返せば、確かに中盤以降はずっと私がいい。というか決め手を何度も逃してる。相手からすれば『ここで踏み込んでくれたら投げるのに……』っていう気持ちだったろう。

「清滝さん、今日の将棋は強すぎて手がつけられなかったわ。さすがね」

感想戦では右左口先生に怖いくらい褒められた。

「あ、いえ……たまたま作戦が上手くいっただけで……」

「でも中盤の指し回しなんて力強くて。さすが釈迦堂先生に勝った実力者だわ！」

「あ、あれもたまたまで………ありがとうございます」

「ところで、お願いがあるんだけど……」

「はい？」

「あの…………空先生の色紙って、手に入らないかしら……？」

さすがに相手がわざと負けたわけじゃないとはわかっていても、初勝利の喜びに変な気持ちが混じったのは否定できなかった。

「……ふう。恐ろしいくらいの掌返しね……」

右左口先生だけじゃなく、記録係をしてくれた女流棋士や観戦記者や連盟職員まで銀子ちゃんのサインをねだるねだる。今まで私のことなんか完全に無視してた関東のプロ棋士まで猫なで声で挨拶をしてきた時は思わず「ひっ」なんて変な声が出ちゃったわ。

自分の家に飾るために銀子ちゃんの色紙が欲しいわけじゃない。

お世話になってる有力者に頼まれたり、ＳＮＳにアップしてマスコミや将棋ファンに銀子ちゃんとの繋がりをアピールしたり……要するに、将棋界を超えて話題になってる『空銀子四段』に寄生することで自分の価値を高めようとしてるのだ。

「その場で断らなくちゃいけないのに……私も『このあと銀子ちゃんと会うから、ちょっと聞いてみますねー？』なんて情けないこと言って…………一番浮かれてるのは私ね」

銀子ちゃんとの関係をひけらかすことで、自分を大きく見せる。仲良くする価値のある人間だと思わせる。

『それで桂香さんが助かるなら色紙くらい何枚でも書くよ？』

銀子ちゃんはそう言うに決まってる。だから私が断らなくちゃいけない。

右左口先生が作り笑いを浮かべて銀子ちゃんを『先生』と呼んだ時……自分もあの子を『先生』と呼んで土下座したことを思い出した。

「もう二度と銀子ちゃんを利用したりしない。あの子のために尽くす。それが私の贖罪だって決めたはずなのに……」

自己嫌悪に浸りきっていた私は、ロッカーから取り出したスマホの電源を入れ――

「……あっ！　いっけない!!」

対局の後に約束があったことを思い出し、慌てて駆け出した。

「そこのデカ乳女流！　こっちなのじゃ！　こっちこっち！　その無駄にデカい乳を弾ませて早お来ぬか！」

千駄ヶ谷駅前にあるカフェの、大通りに面したテラス席。

私を見つけたマント姿の獣耳幼女がブンブンと手を振りながら道路の反対側まで聞こえる声でそう叫んだ。

周囲の人々の視線が私に集まる。主に、私の胸に……。

「……でかい……』『女流？　何かのプロか？』『あの大きさは間違いなくプロの女性……」

ちょっと！　私……何のプロだと思われてるの⁉

胸元を鞄で隠しながら横断歩道を渡ってお店に飛び込んだ。

「あいちゃんお待たせ！　……と、馬莉愛ちゃんも。何か追加で頼む？」

「じゃあコーラ！　……ではなく、紅茶を所望するのじゃ」

神鍋馬莉愛ちゃんは関東の奨励会員。そして神鍋歩夢七段の妹さん。こうしてしっかり顔を合わせて話すのは初めてだけどお兄ちゃんに似てるからすぐわかった。

オレンジジュースを飲んでいたあいちゃんはストローから口を離して、

「桂香さん、対局どうだったの？」

「勝ったの！　女流棋士になってから公式戦初勝利よ‼　ビール飲んじゃおっかな〜♪」

ノリノリでアルコールのメニューを開きかけた私は、

「あ……ごめん。あいちゃんは？」

「えへへ。負けちゃった！」

ぺろりと舌を出しておどけるその様子からは敗戦の痛みが伝わって来て、胸を締めつけられる。よく見ると目が真っ赤だった。

「ボロ負けじゃ。情けないのぅ」

携帯中継で棋譜をチェックしていた馬莉愛ちゃんが、あいちゃんの将棋を酷評する。ちなみに私の対局は中継すらされてない。

「大流行しておるソフト調の相掛かりで正面から突っ込めば、簡単にいなされて終わることくらい奨励会の級位者でもわかるのじゃ。周回遅れもいいとこなのじゃ。原宿でタピオカを飲むくらい恥ずかしいのじゃ！」

「うぅ……だってどんな戦法が流行してるかなんて、大阪にいたらわからないもん……」

「そうなのよねぇ……」

プロ棋士と女流棋士は、将棋連盟から配付される棋譜データベースを利用できるから、中継されていない棋譜も確認できる。

けど、わかるのは棋譜だけ。棋譜並べだけして強くなれるなら誰も苦労しない。

その棋譜の裏に隠された水面下の研究とか、勉強方法とか……そういう情報を得るには、やはり誰か強い人に話を聞かないと始まらないの。

東京(とうきょう)はプロ棋士が多い。女流棋士はもっと多い。

そんな東京にいればイベントの控室なんかで有益な情報を耳にする機会も増える。それこそ今日みたいにプロ棋士から声を掛けられるのは、大きなチャンス。

「しかし関東に劣るとはいえ、関西にもプロ棋士はおるのじゃろ？　それこそドラゲキンや空銀子から情報を得ればよいではないか」

「師匠はお忙しいし……それに『自分で強くなる方法を探すのが最高の勉強法』っていうスタンスだから」

あいちゃんがそう説明しても、馬莉愛ちゃんは納得しかねる表情。

まあそうよね。放任にしか聞こえないもの。

「それに銀子ちゃんはともかく、八一くんの序盤の理論は高度……というか、全体的に癖(くせ)が強すぎてチンプンカンプンなのよ……」

「う、うむ……確かにあの魔王の大局観はねじ曲がっておるのじゃ。愚劣(ぐれつ)な性癖のように……」

帝位戦第一局は馬莉愛ちゃんも現地にいたはず。

あの７七同飛成という手の衝撃を思い出すかのように、ぶるりと小さく身震いしていた。

結局この世界は強さが全て。

強ければいくらでも研究会の声が掛かるしＶＳ(ブイエス)の相手にも困らない。だから学ぶ環境を自分で整えることができる。けど女流棋士はアマチュアの強豪に頭を下げて教えてもらうような立場だ。プロとの研究会なんて夢のまた夢。

　プロ棋士である八一くんやお父さんにはそれがわからないから、話も上手く嚙み合わないのよね……。

「ところで馬莉愛ちゃんは、銀子ちゃんの色紙とかほしくない？」

　対局で喉が渇いたところにアルコールを入れたから酔いが回ってきたようで、私はちょっと意地悪な気分で馬莉愛ちゃんに尋ねた。

「はぁ？　そんなもん燃えるゴミなのじゃ」

「けど、史上初の女性プロ棋士よ？『四段　空銀子』って書いてあるのよ？」

「笑止！　奨励会に入った以上、プロになるなど大前提。わらわの目標は名人なのじゃ！　マスターの女流名跡就位式とわらわの名人就位式を合同で行うのが夢なのであって、誰が最初にプロになるかなどマジどうでもよいのじゃ。新四段になった記者会見でマスターからお祝いしてもらってるのなんて別に羨ましくなんてないのじゃ！　ペッ！」

「……歩夢くんといい、神鍋家のお子さんは本当にみんないい子ねぇ……」

「ふわわ⁉　なでるな！　あ、顎の下をゴロゴロするでない！　ふにゃ～♡」

　気持ちよさそうに獣耳みたいな髪の毛をぴょこぴょこさせる馬莉愛ちゃん。濁った心が浄化されるようだった。このまま大阪に連れて帰りたい……。

　っと、現実逃避してる時間は無いんだったわ。

「私はこれから銀子ちゃんの病室に行くけど、二人はどうする？」

周囲に聞かれないよう声を潜めて尋ねた私の配慮を、馬莉愛ちゃんは元気いっぱいにブチ壊す。

「わらわたちはこれより我が領地である原宿へ行くのじゃ！　マスターの城にて将棋を指して、それから二人で竹下通りをお散歩しつつチーズティーを飲んだりパンケーキを食べたりしてその様子をインスタにアップすることで関西の雑草どもや海外に行ったあのアホにも東京の楽しい場所を紹介……じゃなかった、偉大さを思い知らせてやるのじゃ！　空銀子の見舞いになど行く暇はないのじゃ！」

　ものすごい早口で後半はほぼ聞き取れない。よっぽどあいちゃんが東京に来てくれたことが嬉しいんでしょうね。

「あいちゃんはそれでいいの？」

「うん！　今夜は馬莉愛ちゃんのおうちに泊めていただいて、明日は新しくできた『ひな鶴』に馬莉愛ちゃんをご招待するの！」

「いいわねぇ……私も早く東京の『ひな鶴』さんに泊まってみたいわ」

あいちゃんのお父さんが作るお料理と、北陸の美味しい地酒……東京で温泉にも浸かることができるなんて本当に贅沢よねぇ……。

「あの…………ごめんなさい桂香さん。一人で東京に残りたいなんてわがまま言って……学校もお休みするし……」

あいちゃんは申し訳なさそうに俯く。

「でも、帝位戦の第三局で師匠と一緒に金沢へ行く前に、どうしても東京でしておかなくちゃいけないことがあって――」

「いいのよ。担任の鐘ヶ坂先生にはちゃんと許可をいただいたし、八一くんは適当に誤魔化しておくから。ご両親とじっくりお話ししてくるといいわ」

この子が何を考え、何をしようとしているのか。具体的なことはまだ聞いてない。

でも同じ女流棋士として感じるものはあった。

史上初の女性プロ棋士――空銀子四段の誕生。心の底からそれを望んでいたこの私ですら、自分の存在意義は何なのかと考えてしまったのだから。

だから私は……馬莉愛ちゃんと一緒に席を立って店を出て行こうとするこの子に向かって、思わず呼びかけていた。

「あいちゃん！」

「なぁに？　桂香さん」

――帰って来るのよね？　大阪に。

口を突いて出そうになったその言葉を、ギリギリで飲み込んだ。

「……うん。何でもない。気をつけてね！」

「ありがとう！　行ってきます！」

追いかけっこするみたいに駅の中へと駆けていく二つの小さな背中を見送りながら、私は残りのビールを飲み干した。勝利の美酒はこれ一杯。

酔っ払ってる暇なんてない。

あの子たちに離されないよう、私も走るのだから。

☗　東北

「竜王。気付いていらっしゃいますか？」

仙台空港で大阪行きの飛行機を待つ俺に、賞金王戦の会場からずっと付いて来てる観戦記者が隣の席から囁いた。

「何をです？」

「今日の勝利を含めると、後手番での勝率が先手番を超えてらっしゃいます。竜王だけではなくトップ棋士の多くに言えることですが」

普通は先手六割・後手四割くらいの勝率になることが多いので、極めて珍しい事態だ。

ただ――

「不思議は無いと思いますよ？　後手が勝ちづらかったのは将棋の技術的に攻めるよりも受け

るほうが難しかったからですけど、今はソフトが『完璧な受け方』を教えてくれますから」

「なるほど。であれば戦型の決定権がある後手のほうが有利と？」

「ええ。自分の張った網に誘導しやすい。そしてその網は以前のように破れることがない……とくれば暫くはこの状況が続くかもしれません。先手側が後手の意表を突くような奇策を用意するか、あるいは……」

あるいはソフトすら見落としている指し手を捻り出すか、だ。

しかしそれはかなり難しいだろう。ソフトを超えるのとほぼ同義だから。

「ふむふむ。攻め将棋よりも受け将棋の時代が来るやもしれぬと」

その女性記者は眼鏡を外しながら、

「そんなら……こなたも複数冠のチャンスやもしれませぬなぁ？」

観戦記者の鵠から女流棋士の供御飯万智へ戻ることで取材の終了を告げると、結い上げた髪から簪を抜く。小川のようにサラサラと、長い黒髪が流れ落ちた。

「っ…………!!」

俺は慌てて供御飯さんから目を逸らす。

――しょ、小六の頃から妙な色気があったよな、この子……。

眼鏡を外し、髪を下ろすと、途端に妖しげな魅力を放射する。

まるで千年以上生きた狐の化け物みたいに……。

「ところで竜王サン。千年以上続く将棋の歴史上、名人だけは『読まなくても手が見える』いう話、信じやすか？」

「なんスかその、オカルトみたいなの？　誰が言ってんです？」

「於鬼頭曜二冠」

「ああ……例の才能を可視化するシステムがどうとかってやつですか」

名人をはじめトップ棋士の棋譜をソフトで解析することで、その棋力や棋風を数字で表現する試みのことだ。

俺はタイトル戦の途中に於鬼頭さんから直接それを聞いた。

「ま、名人なら有り得るかもしれません。あの人は第一感がほぼ正解で、時間を使ってるのは読んでるというよりその手の理由付けをしてるって感じですから」

直感的に答えがわかってしまう天才数学者みたいなものかもしれない。

あいは膨大な読みの力で答えに辿り着く。神速で。

しかし名人からは……もっと異質な力を感じる。まるで時間や空間そのものの概念をねじ曲げるかのような、理屈を超えた力を。

「…………本当に時間操作系の能力者だったりして」

「んー？　のうりょくしゃ？」

「わッ!?」

いつのまにか、肩と肩がピッタリくっつくほど供御飯さんが俺に接近していた。桜の花みたいないい匂(にお)いがする……じゃなくて!!

「だ、誰かに見られたらどうするんですか？　誤解されたら……」

「別に構わぬやろ？　お互いフリーやし」

「う……それはまあ、そうですけど……」

「それとも竜王サンはもう誰かとコッソリ恋仲になっておざるん？　たとえばタイトル戦の前日に姉弟子(あねでし)の誕生日プレゼントを選ぶのを助けて欲しいとこなたに言っておきながら実はそのプレゼントは姉弟子やのぉてカノジョさんへのプレゼントやったり？」

「そ…………そんなことは…………ない…………デス……けどぉ…………」

ヤベェ多分だいたいバレてる。

「それにこないな場所で誰に見られるん？　知り合いなんておざりませぬよ」

「東北出身の将棋関係者っていうと……たとえば山刀伐(なたぎり)さんとか。山形(やまがた)でしょ？」

「女流棋士やと祭神雷(さいのかみいか)女流帝位(じょりゅうていい)が岩手(いわて)出身どすな」

「うげっ!!」

その名前はつい最近、銀子ちゃんからも聞かされて大変な目に遭ったばかり。思わず周囲を見回してしまった。

俺の慌てふためく様子をニタニタと眺めつつ、化け狐は面白(おもしろ)そうに言う。

「まぁ確かに元カノに出くわしたら気まずいわなぁ」

「元カノじゃないですから！　っていうか将棋界はすぐそういう噂が立つから嫌だって言ってるんですよッ！」

「噂なぁ。誰やろね？　そないな噂を立てる不埒者は」

一番怪しい人物が、しらじらしい……。

「あ、そうだ。飛行機乗る前にメールのチェックしとかないと」

賞金王戦は午後から対局だけど、こども大会もやるから慌ただしい。しかも和服着用が義務なので着替えのゴタゴタで今の今までスマホの存在を忘れてた……。

電源を入れると、銀子ちゃんから複数のメッセージが届いていた。

『桂香さんが病室に来てる』

『対局中？』

『例の予定、この日に入れていい？』

トクン……と、心臓が甘く跳ねる。

師匠に会う予定のことだ。銀子ちゃんの、四段昇段の報告のために。

それからもう一つ……二人にとって大事な報告をするために。き、緊張してきた……。

「何のご予定どすか？」

「うわっ⁉　く、供御飯さん⁉　スマホを覗き込むなんて取材マナー違反でしょ‼」

俺は咄嗟に別の予定を告げて誤魔化した。

「し……新四段の祝賀会ですよ。関西奨励会の幹事が企画してるやつ。出るでしょ？」

「残念。こなたは東京でお仕事どすー」

するりと俺から離れると、生殺し……じゃなかった《嬲り殺しの万智》は搭乗ゲートへ向かって歩き始めた。狐につままれたような気持ちって、こんな感じなのか？

形のいいお尻から生えてるはずの尻尾は発見できなかったけど。

☖　報告

ガチガチに緊張している銀子ちゃんと八一くんを、私は家の玄関で出迎えた。

「おかえり二人とも！」

「「た、ただ……いま…………桂香さん……」」

二人にとって実家も同然なこの家に来る時は必ず「お邪魔します」じゃなくて「ただいま」と言うように教育してある。

私たちは血よりも濃い、将棋という絆で繋がった家族なんだから。

けど……さすがに今回は、実家に帰って来たような伸び伸びとした感じじゃないわね？

「どうしたの？　いつもみたいにさっさと上がればいいのに」

からかうようにそう言うと、ようやく二人は靴を脱ぎ始めた。ぎこちなく。

家の中の気配を窺いながら八一くんが尋ねてくる。

「あ、あの…………桂香さん？　師匠は……？」

「んー……タバコが切れたから買いに行くとか言って少し前に出て行っちゃって。けどすぐ戻るはずよ。あなたたちが来ることは何度も言っておいたし」

お父さんも今日は朝から落ち着かない感じだった。

むっつりと黙り込んで、家の中をウロウロウロウロ。タバコに火を点けたかと思ったら消して……あれは確実に何かを察してる様子だったわね。

『ご報告したいことがあります』

私を通じて銀子ちゃんから師匠にそんな連絡があったのは、数日前のこと。

無論それは四段昇段の報告に違いない。電話では三段リーグが終わってすぐに連絡をくれたし、銀子ちゃんがプロになったことなんて日本中で知らない人なんていないけど、それでもこういうのは『形』というのがある。

親しき仲にも礼儀あり。将棋は礼に始まり礼に終わる、日本古来の文化。

その将棋界を支える師弟という関係も当然、礼節が重要なの。

だから銀子ちゃんがこうして正式な形で師匠へ報告に来るというのは、特別なことでも何でもない。

問題はそこに……タイトル戦の最中で忙しいはずの八一くんも付き添ってること。

ま、鈍いお父さんもさすがに何かを察したんでしょ。

そういうことまでいちいち師匠に報告しようなんて、かわいいじゃない！　どっちが言い出したことなのかしら？　私の予想だと八一くんね。銀子ちゃんはそういうの、あんまり表に出したがらないし。その代わり黙っててもダダ漏れなんだけどねー（笑）。

「「…………」」（ソワソワソワソワ）

和室に通された二人は、下座に正座したままソワソワと落ち着かない。

二人だけの作戦タイムを用意してあげたほうがよさそうね？

「ちょっと待ってて？　お茶とお菓子を用意するわ。お父さんも、あと数分で帰って来ると思うから」

「「は、はいっ！　あの……お構いなく……」」

ふふっ。かわいい。

銀子ちゃんと八一くんがこの家に来た頃を思い出すわ……もう十二年も前になるけど、師匠に何か報告がある時は、こうして揃って和室で正座してたっけ。

それにこの二人の『報告』って大抵の場合、とんでもないことをしでかした事後報告なのよねー。怒られるの前提だから、ほとんど説教待ちみたいな感じ？

「……そんな時は私もこうして台所でお茶とお菓子を用意しながら、タイミングを見計らってそれを持って行ってあげたのよね。お父さん、話が長いから」

台所でお湯を沸かしながら、私は昔を懐かしんで独り言を呟く。

もし、二人の交際を師匠が反対したら？

「その時は……やっぱりこの桂香さんが出て行って、説得してあげないとね！」

そう覚悟を決めた時だった。

和室から、不思議な物音が聞こえてきたのは――

「んふぁ………だ、だめだよ、やいち……♡　やめて……♡」

「やめなーい。俺は対局、銀子ちゃんは取材やイベント出演でぜんぜん会えないもん。こういう機会にいっぱい触れておかないと！」

「ちょっ……やぃ……ガッツキすぎ………跡が残っちゃう………♡」

「ふふ。銀子ちゃんが俺のこと忘れないように……ね？　いつまた会えるかわかんないし」

「ばかぁ……！　ししょーに見られたらどうするの……！」

………ウソでしょ？

え？　だって私が席を外してまだ一分くらいよ？　台所って……すぐそこよ？

しかも数分で師匠が帰って来るって、私ちゃんと言ったわよね？

そんな短時間ですらイチャイチャチュッチュしなきゃ死ぬ生き物なの……？

「だめ……けーかさんが………んっ……きちゃう……っ」

「大丈夫だって。俺、桂香さんの足音ならすぐわかるし。バレやしないよ」

「け、けど……んっ……♡　…………離れて、こっそり……見られてるかも……？」

「だったら見せつけてあげればいいって。そういうこと言いに来たんだし」

……八一くん今、見せつけるって言ってた？

「っていうかあいつちょっと前まで私のこと理想の女性だとか付き合いたいとか言ってたくせに彼女ができたらもうそういう態度なわけ……？」

中途半端に染め残しがあるあの茶髪に沸騰したお湯をぶっかけてやろうかと思っていると、銀子ちゃんの弱々しい声が聞こえてきた。

「もう！　だめだって、ばかやいち……」

盛りのついた中途半端茶髪に抵抗しつつ、銀子ちゃんはダメな理由を語る。

「だって桂香さん、かわいそうだよ……彼氏いないし……将棋もあんまり勝ててないし……」

は？　このまえ勝ちましたけど？

彼氏だっていないわけじゃなくて作らないだけですけど？　敢えてですけど？

「桂香さんだってきっといい人が見つかるって。心配ないさ」

「……むりだよ……」

「どうして？」

「…………いちばんいい人は、私のものだもん……♡」

ぶちッ。

「あらら～？　お父さん帰って来たみたいねぇ？　お父さぁぁぁぁぁぁん!!　銀子ちゃんと八一くんがずっと待ってるから早く和室に行ってあげて早く早くぅぅぅぅぅぅぅぅぅぅぅ」

「「ッッッッ!?!?!?」」

ドタドタバタバタと大慌てで身支度を整える音が聞こえてくる。

お父さんが帰ってきたのはそれから十五分後だった。よかったわね余裕持って準備できて♡

☗ 禁止令

「「「…………………………………………」」」

三人分の気まずい沈黙が、和室を支配する。

身支度を調えて正座で待っていた俺たちに声をかけるでもなく師匠は荒々しい音と共に上座に座ると、珍しく弟子の前で煙草(たばこ)に火を点けた。

しかしその煙草を吸うでもなく、ただ指に挟んで、ジリジリと伸びていく灰を見詰めている……機嫌が悪いのか、それとも単に緊張してるだけなのか……よくわからない。

すぅぅ、と隣で大きく息を吸い込む音がした。

「師匠」

銀子ちゃんは正座のまま座布団から降りると、両手を突き、額が畳に触れるほど深く深く頭を下げた。

「おかげさまでプロになることができました。病弱な私を弟子に取り、この家で大切に育ててくださった師匠と桂香さんには、感謝してもしきれません。本当にありがとうございました」

固い声で、銀子ちゃんは一気にそう言い切った。

少し他人行儀に聞こえなくもない。緊張してるんだろう。

「…………」

師匠はやはり目を閉じて黙り込んだまま。

銀子ちゃんも頭を下げたまま、しばらく沈黙が続いたが──

「私は……ずっとこう、思ってた」

原稿を読み上げるみたいなさっきの口調とは違う、心の中の大きな想(おも)いを少しずつ少しずつ絞り出すかのような声で、語り始めた。

「『師匠は私が奨励会に入るの反対なんだ』って。だからきっとプロになっても喜んでくれないんだって、思ってた」

ハッとしたように師匠は銀子ちゃんを見る。

「私に、才能がないから。だから師匠は私に期待してないって……ずっと、思ってた」

でも……と、銀子ちゃんは顔を上げて、

「……釈迦堂先生から聞きました。師匠がずっと、私のことを……先生に相談してくれてたって……」

幼かった俺たちにとって、師匠は絶対的な存在だった。

プロ棋士で。九段で。名人挑戦者で。

そんな師匠が、銀子ちゃんがちょっと風邪を引いたくらいで取り乱しながら釈迦堂先生に電話を掛けてたなんて、全然知らなかった。

そんな……そんな……。

そんな、どこにでもいる普通の父親みたいな、師匠の姿は……。

「釈迦堂先生の言葉を聞いて……思い出したの……！」

ぎゅっと両手を握り締めながら、銀子ちゃんは言う。

「あの日……師匠が私の病室に来て、将棋を教えてくれなかったら……病院を飛び出して来た私を、師匠がこの家の子供にしてくれなかったら……私が寂（さび）しくないようにって、弟をくれなかったら…………私は今もきっと、ただベッドに寝てる『かわいそう』な子のままで……」

ぽつぽつと語り続ける銀子ちゃんの声に…………ぽたぽたと、水音が混じる。

溢れる涙が畳を打つ音が。

「ありがとうございます…………私に、人生（いのち）をくれて…………」

ぼろぼろ涙を流しながら、銀子ちゃんは師匠をまっすぐ見る。

いつのまにか俺も一緒に泣いていた。

そして銀子ちゃんは、自分の胸に手を当てて…………報告する。

「わたし……………プロになれた……よ？」

三段リーグを抜けられた要因は、挙げようと思えばいくつも挙げられるだろう。

けど、間違いなく言えることがある。

「ししょうのおかげで…………プロになれた……よ…………!!」

この人がいなかったら、俺たちはプロになれなかったし、出会うこともなかった。

人生で最も大切なものを師匠がくれたんだ。

「……………うむ」

小さな声で、師匠は頷いた。眼鏡を外して涙を拭いながら。

部屋の外からも嗚咽が聞こえてくる。廊下で桂香さんが堪えきれずに泣いている……。

みんな黙って泣いていた。けど最初の頃みたいな固い空気はもう無い。

温かくて、ちょっとクサい、泣き笑いの空気。大阪の下町に相応しい浪花節だ。

今だ。

今しかない。

俺は銀子ちゃんと同じように座布団から降りて畳に手を突くと、

「それからもう一つ！　俺たち二人から師匠にお許しをいただきたいことが――」

「銀子」

しかし俺の発言を遮るかのように師匠は銀子ちゃんへ呼びかけた。

まだ止まらない涙を手の甲で拭いながら、銀子ちゃんは返事をする。

「はい？」

「プロになった以上、言い渡しておくことがある」

指に挟んでいた煙草を灰皿に押しつけて揉み消すと、師匠は言った。

「恋愛禁止や」

「「…………………………はい？」」

いまこの人、何て言った？

恋愛……禁止？

「わしもプロになった時、師匠から命じられた。結果を出すまで恋人は持つなと。結婚などもってのほかやと。奨励会を抜けてからが本物の修業なんや。今まで以上に将棋に精進せいッ！

これは師匠命令や」

「なっ⁉　何よそれ！　時代錯誤も甚だしい――」

「口答えすな銀子ッ‼」

師匠は拳で机を叩いて銀子ちゃんの言葉を遮る。

「そもそもお前はまだ十六歳やないか‼　高校生の分際で恋愛など二十年早いわッ‼」

「ッ…………‼」

悔しそうに黙り込む銀子ちゃんが俺の腿を叩いた。『お前も何か言え！』という合図。言わないと後で死刑だ。言います言います。

「師匠。銀子ちゃんが言いたいのは――」

「八一ッ！　子供やないんやから姉弟子と呼べ、姉弟子と！　公私をわきまえんかッ‼」

「…………はい」

ダメだ。師匠の言葉は常にこっちの二手三手先を先回りして受け潰すような感じで、攻略の取っかかりすら摑めない……。

「お前もやぞ八一！」

「は⁉　あ……はい？　何が？」

「タイトルを獲ったからかて自由にやれると思うなよ？　むしろタイトル保持者やからこそ、重い責任が付随する。わかるな？」

「も、もちろん……」

「仮に複数冠を獲ったのなら、ますます順位戦がC級では恥ずかしい。お前にとってA級昇級は義務や。そうやろう？」

「も、もちろんです！　絶対A級になります‼」

「ならA級棋士になるまで恋愛は許さん」

「えええええええええええええええええええええええ⁉」

俺は今、順位戦C級1組。

順位戦は他の棋戦と違って一年に一クラスしか上がることはできない。竜王戦みたいにいきなりタイトル獲得ってわけにはいかないのだ。

だからA級に上がれるのは、最速でもあと……三年もかかってしまう。三年も！

「あ、あの…………師匠？」

おそるおそる、確認してみる。

「えっと……A級になる頃には、俺は二十歳を超えてますけど……？」

「それがどうした？」

師匠はまた机をブン殴って吠える。

「今の二十代の若手棋士で結婚しとる者は一人もおらん！　みんなそれくらい将棋に集中しとるんや！　気を抜いたらタイトルなぞすぐ奪われるわ！　調子に乗るなッ‼」

「はっ！　はひィっ‼」

こっぇぇぇぇ……。

こんなに怖い師匠、久しぶりだよ……。

内弟子時代にしこたま叱られたから、師匠が本気で怒った時とそうじゃない時は、わかる。

これは……本気以上の怒り方だ。

「まったく！　少しは山刀伐くんを見習わんか！　あんな美男子でも結婚せず将棋一筋でおるのに、お前らときたらこの程度のことで口答えを……」

いやあの人はそういうのとは若干方向性が違うような気が……。

「……銀子。八一。お前たちは二人とも、将棋界の顔となった。銀子に至っては、一時的にとはいえ……名人以上に注目されとる」

ふぅぅ……と深い溜息を吐くと、師匠は噛んで含めるような口調で、

「わしら将棋界の人間は、お前たちがまだ未熟やいうことを知っとるから甘くも見る。間違いを犯そうが、わしが叱ればそれで仕舞いや」

いくらタイトルを獲ったり有名になったりしたところで、将棋界の内部では子供扱い。そんなことは重々承知。

だからこうして付き合う許可ももらおうとして——

「しかし世間一般からすればお前たちこそが将棋界なんや。お前たちがだらしなければ将棋界全体がだらしないと思われる。間違いを犯せば将棋界全体に迷惑を掛け、取り返しのつかんことになる。そのことをよく考えなさい……まだわからんか？」

納得しかねる表情の俺たちに、師匠は決定的な言葉を放つ。

「お前たちは二人ともプロ棋士なんやぞ？　姉弟弟子とはいえ、もはや馴れ合いは許されん」

「「あっ……！」」

のぼせ上がっていた頭に冷水をブッかけられたかのようだった。

プロ棋士と女流棋士が結婚することは、よくある。

将棋界の内部で恋愛するのは珍しくない。一門の繋がりが切っ掛けで、弟子同士が結婚したりすることもある。

だから俺も銀子ちゃんも、自分たちのことをそれと同じように考えていた。

けど俺たちはプロ棋士同士。

それはつまり……明日、殺し合いをすることになるかもしれないということなんだ。

『あの二人、付き合ってるんだろ？　それで本気で戦えるの？』

周囲からそう疑われないと言い切れるか？

プロの品位や対局の公正さを疑われることにならないか？

公式戦が頻繁に組まれるようになったらどうする？　プロは親しい間柄でも、対局前は挨拶すらしなくなる。けど結婚して同じ家に住んでたら、そんなことできるか？　相手の研究を偶然知ってしまうことが絶対に無いと言い切れるのか……？

「ねえ、お父さ……師匠？」

黙り込む俺たちの姿を不憫に思ったのか、お茶を運んできた桂香さんが口添えしてくれた。

「アイドルでもあるまいし、恋愛禁止を命じられてるなんてことが公になったらそれこそ批判されるんじゃない？　もうちょっと柔軟に――」

「桂香！　お前はさっさと結婚せい！　ええ歳をしてフラフラと恥ずかしい！　ご近所に顔向けできんわ！」

「はあっ⁉　そ、それはいま関係ないでしょ⁉」

説教が桂香さんへと飛び火し、やがて親子喧嘩に発展していくのを、俺と銀子ちゃんは俯いたまま黙って聞いていることしかできなかった……。

☖　イライラ銀子ちゃん

「ふざっっけんな！　あのヒゲッ‼　ぶちころすぞ⁉」

師匠の家を辞してから、銀子ちゃんは荒れに荒れた。

しかしこの怒りはむしろ自分たちの迂闊さに向けられたものだ。

そもそもタイトル戦の途中で「付き合ってまーす♡」なんて報告に来たら、浮ついてると言われたって仕方がない。

「もういい！　あんなヒゲ知らんッ！　ここで二人の写真撮って『つきあってまーす☆』ってＳＮＳにアップしてやるんだから‼」

「ちょ、ちょっと姉弟子……ステイステイ。落ち着いてよ……」

スマホで暴挙に走ろうとする恋人を俺は宥める。っていうかあなたSNS禁止令が出てるんですよね？

「そこは話し合ったでしょ？　ちゃんと自分たちの口で伝える前に、あいやシャルちゃんが知ったら……ショックを受けるから」

「……………話し合ったけど……」

「俺たちの関係がネットとか週刊誌とかにスッパ抜かれて、それを見てあいや親や関係者になし崩し的にバレるのも嫌だって銀子ちゃん言ってたよね？　正式に伝えたいからって」

「……………イヤ、だけど……」

「二人のことを師匠に認めてもらって、それからあいにも伝えて、正式に、順序を踏んで進めるって決めたじゃん。その…………結婚まで」

「八一」

「なんです姉弟子？」

「黒いのは？」

「ん？」

「さっきから小童一号のことは言ってるけど、黒いののことには全く触れてないわよね？　どうして？　おかしいじゃない」

鋭すぎません？

「もしかして…………あいつもう、知ってるの？」

さっきまで師匠に向けられていた殺意が今度は俺に向けられようとしていた。

じんわりと脇や背中に汗が染みていくのがわかる……やばい。

「ていうか、あんた不自然なほど黒いのについて触れないわよね？　一号のことはしつこいくらい何度も何度も何度も何度も何度も何度もなんっっっっどもッ!!　口にするくせに」

「…………」

口を動かそうとしても言葉が出てこない。まずい。ここで応手を誤ると詰みまで一直線だ。

さっきまでスマホを握り締めていた右手で俺の頸動脈に爪を立てながら、一切瞬きをしない目で、銀子ちゃんは問うた。

「何かしたのか？　それとも………………されたのか？」

「されてまふぇん」

「されたんだな」

緊張のあまり噛んでしまった自分を心の中で百回くらい殺しつつも、俺は決して首を縦に振ろうとはしなかった。

そこを認めてしまったら一気に全部吐かされてしまいかねない。

そんなことになったら俺と天衣が大阪湾に沈められ……いやいやそうじゃない！　誰よりも

傷つくのは銀子ちゃんだ。

――これは銀子ちゃんを守るため！

いつか正直に言うのはもちろんだけど、今は避ける！　銀子ちゃんが安定してるときに言ったほうが結果的に銀子ちゃんのためになるし!!

だから俺は――

「好きだよ」

「ひわ」

抱っこして、銀色の髪に顔を埋めるようにして、囁く。

「かわいいよ銀子。好きだよ。世界で一番好きだよ」

「ひ。ふえ。ひわ」

「結婚したい。ちゃんとみんなに祝福される結婚式を挙げたい。銀子ちゃんと」

「……………………………………（わたしも）…………」

もちょもちょと何かを言う銀子ちゃん。

文字で表現したらおそらく『……』と見分けがつかないくらいの大きさだったに違いない。

俺には好きとかかわいいとかはっきり言えと要求するくせに自分は恥ずかしがって言いたがらないとか最高にずるい。かわいくてずるい。

……銀子ちゃんもずるいんだから俺だってちょっとくらいずるくても許されるよね？

「落ち着いた？　銀子ちゃん」

「…………ん……」

小さくそう答えてくれた銀子ちゃんだったけど、これで不満が全て消えるわけじゃない。

唇を尖らせながら言う。

「……これじゃあ、プロになってからのほうが……距離ができちゃったみたい……」

「そんなことないよ」

俺はまた嘘を吐いた。銀子ちゃんは普及活動や取材過多、俺は対局過多で、明らかに二人の時間は減ってしまっている。

そして師匠の出した、あの条件……。

俺がA級に上がるだけならまだ何とかなる。もちろん驕るわけじゃないが、それでも客観的に見て今の状態が続けば、遅くとも五年もあればA級にはなれると思う。

問題は銀子ちゃんだ。

師匠は『結果を出せ』と言うだけで具体的な目標を設定しなかった。

タイトルとまでは言わなくとも、たとえば新人戦や早指し棋戦での優勝は求められるかもしれない。もしくは順位戦で昇級するとか、タイトル戦の挑決まで進むとか。

銀子ちゃんは十六歳で四段。

出世のスピード的にはタイトルも狙える器だし、棋戦優勝が不可能とは思わない。

ただ……俺もプロ一年目は苦労した。デビュー戦も負けたし……。

棋力だけを見れば結果を出して当たり前で、しかも勢いがあるはずの新四段が、プロ入り直後に大きく躓く理由。

それは…………いや。今はその理由を並べ立てても何の意味も無いだろう。それこそ不安にさせるだけだ。

だから俺は銀子ちゃんを抱き締める腕に力を込めて、こう言うしかなかった。

「……いい将棋を指せばきっと、師匠もわかってくれるさ」

俺たちは棋士だから。将棋で表現するしかないから。

慰労会

師匠から恋愛禁止令を言い渡された翌日。

関西将棋会館の近くに六十人以上の関係者が集まって、銀子ちゃんと創多の昇段祝賀会が行われた。

……が、たった一人の参加者によって、祝賀会は別の会に変わった。

退会した鏡洲飛馬さんが、笑顔で立っていたから――

「うっ……ひぐっ……な、なんでケロッとした顔で祝賀会なんか出てるんだよ……！　さっさと田舎に帰れよこのザコッ‼　ううううう……っ‼」

主役の創多は会が始まって二秒で鏡洲さんに抱きついて号泣。

プログラムの最初に組まれてた昇段者の挨拶は当然無理で、しかも師匠に会ってから極端に機嫌が悪くなってる銀子ちゃんも、

「順位が上の創多がしないなら私もしない」

と宣ったため祝賀会は早々に瓦解。

今や一国の首相よりスケジュールを押さえるのが難しいといわれる《浪速の白雪姫》をはじめ、多忙な参加者たちのスケジュールを調整してようやく開催に漕ぎ着けた関西奨励会幹事の波関五段（通称『中二』）は、途方に暮れていた……。

ま、でも今日の主役は鏡洲さんだ。

北は北海道から南は沖縄まで、鏡洲さんと奨励会を過ごした人たちが何十人も集まってくれたんだから。

「お前らまだ生きてたのか？　関西の奨励会にいた連中はしぶといねぇ」

鏡洲さんがそう言えば、元奨励会員たちも負けじと言い返す。

「しぶとさじゃ鏡洲さんには敵いませんよ」

「そうそう。やっとくたばったって聞いたから顔を見に来ました！」

創多はもちろん、俺とも面識のないくらい上の世代の奨励会員。

退会して十年以上会っていなかった人たちと再会しても、鏡洲さんは大げさに喜んだりはしなかった。

もちろん、プロになれなかった悔しさを見せるようなこともない。

まるで昨日も棋士室で一緒に将棋を指して、その続きをするみたいに、自然な様子で言葉を交わしていた……。

そんな大人気の鏡洲さんが一人になったタイミングを見計らって、俺も声をかける。

……とはいっても創多がぶら下がってるんだけど。

「鏡洲さん。首に掛けてるそれ、アクセサリーか何かですか？」

「困ったもんさ。泣きたいのはこっちだってのにな？」

俺が苦笑しながら言うと、鏡洲さんも苦笑しながら返してきた。創多はお構いなしに泣き続けている。

もらい泣きしそうになるのを笑顔で誤魔化して、俺は鏡洲さんのコップに烏龍茶を注いだ。

「……帰っちゃうんですね。宮崎に」

「清滝先生には『指導棋士の資格を取ってうちの道場で働かんか？』って言っていただいたよ」

「師匠がそんなことを……」

「生石先生からも『うちの銭湯で働きながらボイラー技士の資格を取れば食いっぱぐれんぞ』と誘っていただいたし」

《捌きの巨匠》は誘い方も独創的だ。将棋どこいった？

「万智ちゃんからは観戦記者の道を勧められたし、月光先生も『連盟職員になりませんか？』って。俺なんかにはもったいないほど、みんなに引き留めてもらった。ありがたいよな」

「でも……残らないんですね？」

「俺はさ、自分と約束したんだ。『ずっと将棋を好きでいたい』って」

鏡洲さんは直接は答えず、こんな話をしてくれた。

「けど大阪に残って将棋を仕事にしちまったら……きっと好きでいられなくなる。だから距離を置くのさ。ずっと好きでいるために」

それを聞いた創多が、涙でぐじゅぐじゅになった顔を上げて叫ぶ。

「好きなのに距離を置くんですか？　矛盾してますよ！　好きならずっと一緒にいたいのが普通じゃないですか！」

「お前もいつか…………いや。お前らは理解できないほうがいい。こんな気持ちは」

創多と俺を見ながら、鏡洲さんは少し寂しそうに言った。

俺もデビュー戦で山刀伐さんに負けたときは将棋界から逃げ出そうとしたけど、鏡洲さんみたいに自分の意思に反して辞めさせられたわけじゃない。

わかった振りをするのは簡単だ。

けどプロになれた俺たちは……俺たちだけは、そんな安っぽい同情をしちゃいけない。

「あいと桂香さんがこの会に参加できず寂しがってましたよ。二人とも、鏡洲さんのこと大好きでしたからね」

桂香さんは公式戦の記録係。

あいは女流名跡リーグで東京だ。

「二人からは、手作りのお菓子を預かってます。飛行機で食べてください」

「そうか。欠席があいちゃんと桂香ちゃんでよかったよ」

「え？」

鏡洲さんはニヤリと笑って俺にこう耳打ちする。

「……銀子ちゃんの手料理は、ちょっと口に入れる気にならないからな」

「……同歩です」

離れた場所にいる本人に聞こえないよう声を潜めて頷き合った。

「しかしお前も大変だな……将来的には毎日あれを食うことになるんだろ？」

「え⁉　ま、まあ…………そうですね。あはは……」

俺は否定せずに、顔を赤らめながら頷く。封じ手開封の状況を作り出してくれたのが他ならぬ鏡洲さんだったんだから……。

初めて出会った時もそうだったけど、この人はいつも俺たち二人のことを見守って、優しく背中を押してくれた。

それなのに俺たちは、この人に何を返せただろう？　大切なものを奪い続けてしまっただけなんじゃ――――

「あの」

背後から声がして鏡洲さんと一緒に振り返ると、そこには意外な人物がいた。

天衣だ。

しかしいつもみたいな傲岸不遜な態度じゃなくて、まるで子猫ちゃんみたいに大人しい。

いったいどうしたんだと思っていると……天衣は鏡洲さんにこう呼びかけた。

「鏡洲……お兄様」

お、おにいさま⁉

「天衣ちゃん。来てくれて嬉しいよ……お父さんには本当にお世話になったのに、それを活かすことができず申し訳ない」

「いいえ。父はきっと、お兄様のことを誇りに思っているはずです」

「……プロになれなかったのに？」

「父もプロにはなれませんでした。もちろん、お兄様がプロになってくれたら喜んだとは思いますけど……」

天衣は鏡洲さんの目を真っ直ぐ見て、こう言い切った。

「最後の三段リーグで、お兄様はずっと自分らしい将棋を指していらっしゃいました。そのことを、父は……もっともっと誇りに思うはずです」

「っ！　……そうか………そうだよな。そういう人だったよな……」

十三歳で何のツテもなく宮崎から大阪へ出てきた鏡洲さんを鍛えてくれたのが、アマ強豪だった天衣のお父さん。口にしづらいような厳しいことも言ってくれたと、かつて鏡洲さんから聞いたことがあった。

俺も実家を出て修業したから、少しはその気持ちがわかる。

子供が家を出て修業してるなんて聞けば普通、大人は甘やかしてしまう。そうして世間から甘やかされてるうちにダメになってしまう奨励会員は山ほどいる。

敢えて厳しい言葉をかけてくれる人はすごく貴重で、そういう人がたくさんいる環境に身を置かなければ修業にならないんだ。

「お兄様。もしよかったら――」

天衣がさらに何か言おうとした、その時だった。

「鏡洲せんせぇぇぇぇぇぇぇ!!」

天衣の後ろから飛び出してきたスーツ姿の女性が鏡洲さんの足に取りすがって、泣き喚き始めたのだ。

「先生!!　行かないでくれ!!　私を捨てないでくれぇぇぇぇぇ!!」

ザワッ……!!

「誰だあの美女は⁉」『俺の知ってる彼女と違うぞ……』『鏡洲さんも隅に置けないな」

周囲は盛り上がってるが、俺は事実を知っていた。

晶さんは鏡洲さんから将棋を教わってて、ライバルの小学生に勝つための戦法を聞き出したいのだ。

「はは。向こうでの生活が落ち着いたら、またネットで教えてあげますから」

「ほんとだな⁉　絶対だからな⁉　ウソついたら地獄の果てまで追いかけてでも必勝戦法を教えてもらうからな⁉」

宮崎にある鏡洲さんの実家の住所を聞き出そうとする晶さんを天衣が「やめなさい！」と引き離し、なぜか創多も「あっち行けよブス！」と晶さんをポコポコ蹴っていた。

名残惜しいが、終わりの時はやって来る。

「では最後に、鏡洲さんからお言葉をいただけますか？」

この会を企画してくれた中二が言うと、鏡洲さんは驚いて聞き返す。

「おいおい。こういう場合は奨励会幹事が締めるんじゃないのか？」

「じゃあ幹事命令で、最後の挨拶を鏡洲三段に任せます」

「……ったく、もう退会してるんだけどなぁ？」

鏡洲さんはボヤキつつも嬉しそうに咳払いして、

「えーっと……じゃあまずは銀子ちゃん、昇段おめでとう」

「っ⁉　…………あ…………」

突然の祝福に、銀子ちゃんは雷に打たれたかのように固まる。

鏡洲さんの首を切ったことが後ろめたかったんだろう。今日はずっとみんなから離れた場所で静かに過ごしていた。

そんな銀子ちゃんのことを、鏡洲さんもずっと気にしていた。

隅っこにいる銀子ちゃんに鏡洲さんが視線を向けるのを俺は何度も見た。他のみんなもその視線に気付いてた。

けど、誰も何も言わない。

こればっかりは他人が口を挟めるようなことじゃないから。

三段リーグ最終日に盤を挟んだ二人だけの聖域だから……。

「俺の奨励会生活で最後に指せた将棋が、銀子ちゃんとの将棋でよかった。あの将棋はきっと……残りの人生、ずっと背負っていく将棋だと思うから」

将棋に負けるのは、つらい。

大事な一局に負けた瞬間ってのは、夢に出るほど悔しい。

けど不思議なことに、自分の力を出し尽くして負けた将棋ってのは……後悔よりも達成感が勝ることがある。

隅に立っていた銀子ちゃんに歩み寄ると、鏡洲さんは笑顔で言った。

「記者会見のスピーチ、嬉しかった。活躍を期待してる……俺だけじゃなく、ここにいるみんなが」

「…………はい…………」

まるで魔法みたいだった。

あれだけ頑なだった銀子ちゃんが……鏡洲さんに声を掛けられただけで、十年という歳月を一瞬で飛び越えてしまったんだから。

六歳の子供みたいに素直になって、顔をくしゃくしゃにして、泣き崩れて……。

「ごめんなさい……お、おにいちゃん…………ごめんなさい…………!!」

「謝らなくていい。銀子ちゃんは何も悪くないんだから」

夢を叶えたのにごめんなさいを繰り返す少女を、夢を叶えられなかった青年が優しく気遣う。

敗者だけじゃない。勝者にも、深い傷が残る。

それが奨励会だ。

ここに集まった全員が……同じ傷を負っている。

「むしろ謝るのは俺のほうさ。あの対局で肋骨を折ったって聞いたぞ？　大丈夫なのか？」

「…………」

「俺の代わりにプロのタイトルを獲ってくれるんだろ？　身体だけは大事に、な？」

「……うん………飛馬おにいちゃんも………げ、んき………で………ッ！」

鏡洲さんは銀子ちゃんの頭をぽんぽんと優しく叩く。

初めて出会った頃、よくそうしてくれたように。将棋に負けて泣きじゃくる六歳の銀子ちゃんと八歳の俺を励ましてくれた時と同じように。

「それから創多。お前はそろそろ俺から離れろ」

「やだッ‼」

見事にオチがついて会場は大爆笑だ。

けどそれが収まると、たくさん啜(すす)り泣(な)きが聞こえた。「鏡洲さん」「鏡洲さん……！」と、誰もが別れを惜しんでいた。

「……地元に帰るかどうかは、正直に言うと……ずっと迷ってた」

関西奨励会の長兄はそう静かに、別れの挨拶を切り出す。

「このまま大阪に残って、将棋の仕事で身を立てようとも、何度も思った。っていうか、ついさっきまで迷ってた」

気持ちが揺れ動いた理由。

それは——

「怖かったんだ。奨励会員という身分を失ったら……将棋界から出てしまったら、俺が俺でなくなってしまうような気がして……」

挫折は全てを変えてしまう。

奨励会を退会して、人生そのものが不幸になった話は、いくらでもある。

「朝起きて、詰将棋して。福島駅の近くにあるドーナツ屋で朝飯とコーヒーを腹に入れて。平日は連盟の雑用や記録係か、棋士室で研究会。そして月に二回の例会日は死ぬ気で将棋を指す。それを十七年間だ。人生の半分以上も続けたその生活が、ずっと続くと思ってた。終わるときのことなんて、本気で考えたこと、なかったから……怖かった」

次第に声が震え、大粒の涙が鏡洲さんの頬を伝う。その逞しい首に抱きついた創多の手に、ぎゅっと力がこもる。

けど――と、鏡洲さんは笑顔を浮かべ、

「けど、今日、退会した仲間たちと会って安心したよ！　みんなあの頃のまま変わってなかったから。心が真っ直ぐなままだったから……」

挫折は人を変えてしまう。

けど、変わらない人だっている。ずっと変わらないものだって、きっとある。

ここに集まった奨励会員たちがその証拠だ。

「そのことが、最高の餞別だった。ありがとう！　俺に勇気をくれて」

気がつけばその場にいた全員が泣いていた。

そして鏡洲さんは頬を伝う涙を拭うことなく、笑顔で別れの言葉を口にする。

「俺たちらしくいよう。ずっと将棋が好きなガキのままでいよう。そうすればまたきっと……こうして会えるから」

何年たっても。何十年たっても。

まるで昨日の続きみたいに。

鏡洲さんが最後に口にした別れの言葉。それは何よりも確かな、再会の約束だった。

☖ 親子の会話

「なりません。絶対に許しません」

わたしが思い切って口にした言葉に、お母さんはノータイムで首を横に振った。

東京にできた新しい『ひな鶴』の一室。

賄い(まかな)料理を食べながら、わたしたちは久しぶりに家族三人の時間を持っていた。北陸の実家じゃなくて東京で会うなんて、何だか不思議な気分。

わたしが師匠に弟子入りしてから初めて過ごす親子の団欒(だんらん)……に、なるはずだった。

それを壊したのは、わたし。

きっと反対されると思ってたから引き下がりはしない。そんな浅い考えで口にした言葉じゃないから。

「いったい何のためにこの新しい旅館を建てたのだと……あなたにそんなことをさせるために東京進出したのではありません‼」

「けどお母さん！　今のままやったら、あいはタイトルに届かんもん……タイトルを獲るためにはそうするしか――」

「だちかんッ‼　連敗したくらいで何やいねあんたはっ‼」

「それだけやないもんっ！　確かに今日も女流名跡リーグで負けちゃって、焦ってるけど……けどっ！　もっと前から考えとったことやがいねッ‼」

思わず方言で反論するわたしにお母さんも方言で応戦。東京なのに能登弁が飛び出しちゃうのは、やっぱり家族が揃ったからだと思う。

「……確かに私は、中学卒業までにタイトルを獲りなさいと言いました」

興奮した自分を恥じるようにお母さんは着物の襟を整えると、

「しかしそのためにどんな方法を取ってもいいとは思いません。タイトルを獲れなかった時の約束を忘れたわけではありませんよね？」

「…………でも……」

「あい。あなたのしようとしていることは『逃げ』です」

お母さんはそう決めつけた。

「私の目は誤魔化せませんよ？　将棋のためと言いつつ、あなたは勝負から逃げようとしています。将棋を逃げ場にしています。空四段に負けるのが怖いのでしょう？」

「ち、ちがッ……!!」

「違いません。いいですか、あい？　確かに大きくリードされている状況というのは苦しいです。現実から目を背けたくもなるでしょう。しかしそういう時だからこそ、誰よりも近くにいるべきなのです。全国を飛び回っている九頭竜先生の対局に全て同行してお世話するくらいのことをしてでもチャンスを見つけ、果敢に打って出るべきなのです。それをあなたは……」

「…………」

「そもそも九頭竜先生のご許可は？　まず真っ先に師匠に相談するのが筋なのではありませんか？　そういう態度が逃げだと言っているのです！」

「…………でも、今のままじゃダメやもん…………」

「まったく……この子は誰に似たのか……」

わたしが言うことを聞かないのを悟ると、お母さんは大きく溜め息を吐いてから、隣に座るお父さんに話を振る。

「あなたからも何か言ってやってください。あいを修業に出す許可を与えようと最初に言い出したのは、あなたなのですから」

「…………」

それまでずっと黙っていたお父さんは、腕組みしていた腕をゆっくりと解いて。

そしてこう言った。

「私は賛成だな」

「あなた！」

声を荒らげるお母さん。

いつもならすぐに折れて土下座しちゃう婿養子のお父さんは、けれどお母さんじゃなくてわたしの目を真っ直ぐに見詰めたまま、静かに座っている。

研修会試験の後で、わたしが大阪に残ることを許してくれた、あの時みたいに……。

「あい。『煮しめ』という料理を知っているね？」

「おにしめ？　うん……」

意外すぎるお父さんの言葉に戸惑いながら、わたしは頷いていた。

「お正月に作る、煮物料理だよね？　お汁が残らない……」

「そうだね。普通、煮物は汁が残るように作る。しかし煮しめは全て素材に吸わせるように作るから、汁が残らない。よく憶えていたね」

「うん！　お父さんに教わった料理は、ぜんぶ憶えてるもん！」

「では煮しめを美味しく作るうえで最も大切な調味料が何か、あいは知っているかい？」

「ちょうみ……りょう？」

「教えてあげよう。それはね――――」

お父さんは答えを教えてくれた。

それを聞いて…………わたしは、どうやって師匠にこのことを伝えればいいか、ようやく思いつくことができた。

そしてお母さんも、お父さんの考えを理解したようだった。もう何も言わずに、ただ不安そうにわたしを見ていた。

うん……わかってる。

お母さんはわたしのことを否定したかったんじゃないよね？　本当に娘のことを心配してくれてるからこそ……わたしの決断に本気で向き合ってくれたからこそ、激しい言葉で反対してくれたんだよね？　あの人とずっと一緒にいることが、わたしの一番の幸せだと思ってくれているから。

それでも、わたしは――

「お父さん」

「何だい？」

「教えてほしいことがあるの」

「……わかっているよ。さあ、厨房に行こう」

そしてわたしは久しぶりにお父さんと一緒に厨房に立って、教えてもらった。

言葉では伝えきれない自分の気持ちを伝える方法を。

第三譜
雛鶴あい

ごーとぅーとらぶる

「……よし！　これで全部積み込んだな」

関西本部の所有する車に大量の荷物を押し込むと、俺は運転席に向かって呼びかけた。

「男鹿さん、準備完了です！　いつでも行けますよ？」

「お疲れ様です竜王。こちらも完了しました」

運転席でカーナビの設定を行っていた男鹿さんがそう言うと同時に、

『目的地の金沢市街には、約四時間で到着します。安全運転を心掛けてください』

と、車内スピーカーから機械音声が。

明日から始まる帝位戦第三局の会場は主催の北國新報グループが金沢市内に所有するシティホテル。対局で使う盤駒はもちろん、大盤解説用の大盤や指導対局で使う盤駒まで関西から輸送する必要があった。

俺は連盟の建物を何度も往復して重い荷物を運び出し、あいは小柄な身体を活かしてトランクの中へ潜り込んでその荷物をバランスよく積み込む。こういう仕事は奨励会時代によくやったからお手のもの……とはいえ、疑問は山のようにある。

「どうして対局者の俺がこんな重労働を……こういう仕事って普通、記録係でしょ？」

「こなたは一番高価な駒を安全に輸送するいう任務があるのどす。あと、記録七つ道具も」

記録係という裏技で今回も同行する供御飯さんが、タイトル戦でのみ使用する高価な駒が入った駒箱と、記録係がタイトル戦で使う道具が入った箱（海苔の入ってた缶）をこれ見よがしに掲げて見せる。

記録用紙、封じ手用紙、封筒、ペンケース、スティックのり、タブレット、予備バッテリー……不測の事態に備えてストップウォッチなんかも持って行くので、確かに記録係の手荷物だけで膨大な数ではある。

「じゃあせめて塾生の奨励会員とかに手伝ってもらうとか――」

言いかけて俺は、続きを飲み込む。

長く塾生をやってくれてた鏡洲さんは宮崎に帰ってしまった。今は家業を継ぐため修行中だという……あの人がいない関西将棋会館には、まだ慣れない。

そんなことを考えていると、トランクの中に入っていたあいが「じゃじゃーん！」と叫びながら手品みたいに飛び出して来た。

「あいは師匠と一緒にお仕事できて嬉しいですっ！」

興奮のあまり自分のことを『わたし』じゃなくて『あい』って呼んじゃう弟子かわいい。

「……そうだな。俺も、あいと一緒で嬉しいよ」

去年の竜王戦を思い出す。

三連敗でボロボロになり、負けることを怖れるあまり自分自身の過ちから全てを失ってしまった俺は……あいとの絆を取り戻せたことで四連勝し初防衛に成功した。

前局はいいところ無く負けちゃったけど、あいと一緒に笑いながら行けばまた、あの時みたいに実力以上のものを出せるような気がする……！

俺の小さな幸運の女神は一抱えもあるバスケットを持って、

「ししょーししょー！　あい、みんなのぶんのサンドウィッチ作ってきましたー！」

「おお！　早起きして何かやってたのは知ってたけど、それ作ってたんだな」

男鹿さんも嬉しそうに言う。

「片手で食べられるものは運転中も栄養補給できますから、とても助かりますね」

「なるほど！　そんな深い読みを入れられるようになったのか……」

あと少しで十一歳の誕生日を迎える弟子は、俺の腕に頭をすりすりしてくる。

「えらい？　えらい？」

「えらいえらい」

「にゃーん♡」

頭をなでてあげると、子猫みたいな声を発した。こういう部分はまだまだ幼い。かわいい♡

さあ！　いよいよ出発だ!!

「竜王サン。助手席どうぞ」

「お？　いいんですか供御飯さん？」

「上座はタイトル保持者(ホルダー)に譲らんとなぁ」

「いやー、実は帝位戦と竜王戦が終わったら運転免許を取りに行こうと思ってるんですよ！　だから助手席に乗って、男鹿さんの運転を勉強させてもらいたくて！」

俺は大喜びだが、あいは口を尖(とが)らせた。

「ぶー！　わたしは師匠と一緒に後ろに座りたかったです！」

「あいちゃんはこなたと一緒どす。さ、ちゃんとシートベルト締めてな？」

助手席の俺もシートベルトを締めながら、ずっと不思議に思っていたことを尋ねる。

「ところで男鹿さん。どうして会長とか他の関係者は全員電車で行ったんです？　バスでも借りてみんな一緒に行けば安上がりなのに」

「男鹿もそう提案したのですが、皆さん車酔いするからとのことでした。こういう仕事にも対応できるよう大型二種免許を取得したのに使えなくて残念です……そういえば以前に一度、男鹿の運転する車に会長をお乗せしたことがあったのですが、その時も不思議なことをおっしゃっていましたね」

「へぇ。何て言ってたんです会長？」

「『目が見えなくて幸運だと思ったのは今日が初めてです』と」

嫌な予感がした。

「すみません。やっぱ俺とあいも電車で――」

ギュルルルルルル!!　バオォォォ――――――ンッ!!!

「ひぃぃぃぃぃぃぃぃぃぃいいいいいいいいいいいいいいいいいいいいいい!!」

車は突然タイヤを軋ませて急発進！

ゴムの灼ける香りが充満し、車内は大パニックだ。

「降ろしてくれぇ！　俺は……俺は生きて金沢に辿り着かなくちゃいけないんだ！　於鬼頭さんが待ってるんだッ!!」

「今そこに向かっているのです！　静かにしなさい運転に集中できないッ!!」

「ふわわわわ！　景色が一瞬で通り過ぎていきますー！」

「あいちゃんは安心してええよ？　……シートベルトを着用した場合、後部座席は助手席と比べて死亡する確率が半分くらいになるんどす……」

「てめぇ確信犯じゃねーか席替われ席!!」

後部座席の供御飯さんに摑みかかろうと後ろを振り返ると、

「動くなッ!!　気が散るッ!!」

普段からは考えられない口調と形相の男鹿さんは、前を向いたまま左拳で俺のボディーをブン殴る。おふぅ……！

「お、俺……このタイトル戦が終わったら、合宿行って免許取るんだ……」

「ししょー!?　フラグ立てないでくださぁぁ――――い！」

金沢に到着したのは、八時間後。

なぜかカーナビ予想の倍の時間が掛かっていた。あんなワイルドスピードで走ったのに……。

「お疲れ様でした。皆さんお揃いですか？」

とっくの昔にホテルに着いていた月光会長がそう言って出迎えてくれた。

「……一人くらい欠けるかもと思っていましたが、幸運でしたね」

冗談を言っている口調ではない。

俺はどうしても言いたいことがあり、口を開く。

「会長」

「どうしました竜王？」

「もう何も怖くない……」

「そうですか」

何度も何度も死を見詰め続けた結果、俺は負けることが怖くなくなっていた。心が死んでるとも言う。

その状態は翌日から行われた帝位戦第三局まで続き、後手の俺が快勝。

地元紙の朝刊には『挑戦者、無心の勝利』という見出しの記事が載った。

☖　金沢観光

帝位戦第三局の翌日。

俺とあいは二人だけ金沢に残り、一日かけて観光することに。

荷物をホテルに預けほぼ手ぶらで街に出た。

「いやー、やっぱ対局地の観光は勝った後にするのが最高だよね！　対局前って何を見たって将棋盤がチラついて楽しめないし」

「そうですね！　ハワイは師匠が負けて一人で帰っちゃったせいで、対局後の観光はあいだけで行きましたしね？」

「ごめんてば……」

あれに対する罪滅ぼし的なことは特に考えてなかったんだけど、言われてみればそういう面もあるかもしれない。

ただ今回は、負けていても観光はした。そこは事前に強調してある。

「お互いのスケジュールが合わなくて、今年はあいの誕生日を一緒に祝ってあげられないから……けど本当にいいのか？　誕生日プレゼントが、俺と一緒に観光することだけで」

「はい！　今日は将棋を忘れて、あいが師匠を一日レンタルしちゃいます！」

嬉しそうに俺の手を取ると、あいは弾むように歩きながら、

「だから師匠？　わたしのプランに従ってくださいね？」

「ふふ。大阪じゃあずっと俺があいを案内してたから、こうやって弟子に案内してもらうのって新鮮だな」

なーんにも考えず、弟子に手を引かれて観光を楽しむ。

ここ最近ずっと自分の将棋のことだけを考える日々が続いてたから、この日を楽しみに突っ走ってきた。

もちろん、タイトル戦はこれからも続く。

獲得まであと二勝となった帝位戦。リードしてるからと気を抜くわけじゃない。

ただ……。

──あいは女流名跡リーグで連敗してる。気分転換が必要だ……。

とにかく今日は将棋を忘れて楽しむ！　さぁ遊ぶぞー‼

さて、あいが最初に俺を案内してくれたのは──

「金沢といえばここ！『兼六園』ですー」

「ほー。これが有名な……」

土産物屋が建ち並ぶ坂を登ると、手入れの行き届いた立派な木々が見えてきた。

入口の前には団体客がたくさん集まってる。

そんな人々に混じって俺たちも記念撮影。あいのスマホで自撮りをピロリン☆

ちょっと恥ずかしいけど……ま、いい思い出だ。

「ところで兼六園って変わった名前だよな？　何か意味があるのか？」

俺が尋ねると、あいはスラスラと教えてくれる。

「兼六園の名前の由来は、この庭園が宏大・幽邃・人力・蒼古・水泉・眺望の六勝を兼備するからです」

「ほほー。なるほどね。六つを兼ね備える庭園で『兼六園』か……」

さすがに石川県を代表する温泉旅館の娘だけあって、観光地の知識は完璧だ。説明に全く淀みがない。

「毎年十一月一日になると、兼六園の木々には『雪吊り』と呼ばれる、降雪に備えた傘のようなものを被せるんです。そのニュースを見て、北陸の人たちは冬の訪れを知るんですよ？」

「冬か……スタッドレスタイヤにしたり、雪掻きするスコップとか長靴とか準備しないといけないもんな。あと、車のワイパーを立てたり」

大阪に暮らしてると雪なんてほぼ見ないから最近は忘れかけてたけど、俺も福井の豪雪地帯に生まれたから実感あるわー。

竜王戦が終わる頃には冬も真っ盛り。

今年は季節が変わるのが早い……特に夏から冬にかけては、あっという間に感じる。

俺は十八歳になり、あいももう十一歳だ。

出会った九歳の頃より手足も伸びたし、こうして説明してくれる口調も、何だかしっかりしてきたように感じられた。

「……いいもんだな。弟子に案内してもらうのも」

ついこの前まで、俺が手を引いてあげなかったらすぐに迷子になっちゃいそうなほど頼りなかったのに……もうこんなに成長してる。やばい。泣きそう。

小学生は感動だぜ……！

「よし！　じゃあさっそく中に入ろう‼」

俺がそう言って入場料を払おうとすると、あいは意外な言葉を発した。

「入りませんよ？」

「へ？」

「だって兼六園ってものすごく広いんですよ？　じっくり見てたらここで一日終わっちゃいますよ？　師匠はそんなにお庭が好きなんですか？　お庭フェチの人ですか？　ロリコンなうえにニワコンですか？」

「そ、そう聞かれると別に庭はそう好きではないけど……」

「じゃあ通過です」

さよなら兼六園……。

　方向転換してあいが向かったのは、兼六園のすぐ横に伸びる橋だった。

「これが兼六園と金沢城を繋ぐ『石川橋』です！　下はトンネルになってて、車や人が通ることができるんです！」

「いやぁ絶景だなぁ！」

　兼六園に入れなかったことなど帳消しにしてしまうくらいの素晴らしい眺望がそこには広がっていた。

　幅の広い橋の上に立つと、まるで空中から街を見下ろすかのよう。

　絶好の撮影スポットで、和装して結婚式の前撮りをしてる人もいる。俺もいずれ銀子ちゃんと……みたいなことを一瞬だけ想像していると、

「師匠？　あんまりジロジロ見たら失礼ですよ？」

「そ、そうだね……でででで!?　あい痛い！　肘の関節はそっちには曲がらな痛い痛い痛い!!」

「今日は誰が師匠を一日レンタルしてるんでしたっけ？」

「あいです！　あいちゃんさんですぅッ!!」

「よろしい」

　俺の肘を極めてたあいは、ようやく技を解いてくれた。レンタルされて何も自由にできない人……。

「橋を渡ったら金沢城。あの入口の門が重要文化財の『石川門』です！」

「ほー！　まるであれが天守閣と勘違いしちゃいそうなくらい立派だね！」

「お城に行く前に橋の上で写真を撮りましょう」

あいは俺の腕を引っ張って橋の真ん中まで行くと、またそこでピッタリくっついて自撮りを行う。ぴろりん☆

「さ。お城に入りますよ」

「え？　もうちょっと景色を見たいんだけど……」

「今日はいっぱい見るところがあるんですから！　だらなこと言うてたらだちかん！」

方言で怒られた……。

ひっぱられるようにして石川門を潜り、お城の敷地内に。広大な空間が広がっていた。

「ここが三の丸跡です」

「へぇー！　広いんだねぇ！　さすが加賀百万石！」

「あそこに見えるのが、金沢城の数少ない遺構の菱櫓と五十間長家、それに橋詰門続櫓です」

「おお！　何という長大な石垣と建物……気品があるな！」

「通過です」

「気品んんん――――っ!!」

「そしてあれが大手門。出口です」

「さようなら金沢城……！」

あいはスタスタ歩きながら、お城に入った理由を説明する。

「金沢城は大半が無料の公園として解放されてて、街をショートカットするのに便利なんです」

「近道扱いかよ……」

「時間が無いから仕方無いですよね？　お昼ご飯は『近江町市場』で食べるんですから」

「なに⁉　金沢の胃袋として名高い、あの近江町市場で⁉」

しぼみかけていた気持ちが一気に膨らむ。やったー！

お城を抜けると確かに市場はスグそこだった。

「へぇ～！　ここが近江町市場かぁ……！」

古いアーケードの中には海産物がひしめいてて、観光客もいっぱいだ。

水を得た魚のようにスイスイと市場の中を歩きながら、あいが説明してくれる。

「ここ近江町市場は、戦国時代に近江の行商人たちがお坊さんと一緒に移り住んだからそう呼ばれるようになったといわれてます」

「北陸といえばカニだよなカニ！　師匠の家に郵送して桂香さんに茹でてもらおうよ！　カニパやろうカニパ！」

テンション高く提案するけど、あいは「ふぅ……」と駄々っ子を諭す母親のような口調でこう言った。

「カニ漁の解禁は十一月六日。立冬（りっとう）です。お店に並び始めるのは七日。まだ先ですよ」

「さ、さすが……」

カニの解禁日がスラスラ出てくる小学生とか、あいちゃん以外にいる？

ちょっと恥ずかしい思いをしたけど……市場の中にはカニ以外にも魅力的な海産物が盛りだくさん。しかもそれをその場で焼いて食べさせてくれる屋台がいっぱいだ！　こりゃテンション上がるってもんだぜ！

「のどぐろ！　牡蠣（かき）！　車エビ！　サザエの壺焼き！　うわぁどれも美味（うま）そうだなぁ！」

歩き続けて小腹も減ってる。あいはきっとこれを狙（ねら）ってたんだろう。

「あいは何を食べたい？　好きなもの何でも買ってあげるよ！」

「こーゆー屋台は観光客向けです。お昼は別のお店で食べます」

切って捨てると、あいは俺の手をぐいぐい引っ張って屋台を素通りする。のどぐろ……。

そして、とある店の前に立つと、ようやく足を止めた。

「ここです」

「ッ⁉　こっ……この店は…………ッ‼」

兼六園も素通りし、金沢城も通過し、のどぐろの屋台にも目を向けず、あいが目指していた店。

それは――――最強にして最凶の、金沢名物。

あいが俺の手を引いて連れて行ってくれたお店。そこは赤と黄色の看板も目に鮮やかな……カレー屋さんだった。

「え⁉　市場に来てカレー食べるの？」

てっきり有名な海鮮丼のお店とかに連れてってもらえると思っていただけにショックが大きい。のどぐろ、食べてみたかった……。

落ち込む俺とは対照的に、あいは目をキラッキラさせて頷く。

「はい！　師匠には一度、本場の金沢カレーを食べていただきたかったんですっ！」

「確かに興味はあるけど……ここ、チェーン店なんだろ？」

「市場の中にあるこのお店は、お父さんと買い付けに来たとき初めて食べさせてもらった思い出のお店なんです」

「あ……」

そうか。あいは俺に、ただ美味いものを食べさせようとしてるんじゃない。

この子の思い出を分けてくれようとしてるんだ。

「うん！　いいねカレー！　地元の名物は対局中に食べ飽きてるから、ちょうどこういうのが食べたかったんだよ！」

「でしょ⁉　あい、えらい？」

「えらいえらい」

「にへー♡」

頭をなでなでしてあげると、あいは嬉しそうに目を細める。かわいいなぁ……。

お店の前で素早く自撮りしてから、二人で店内に入る。

けっこうお客さんがいて、市場関係者と観光客が半々って感じだ。

「まずは自販機で食券を買います」

「へぇ……意外といっぱいメニューがあるんだな？　ウインナーカレーにエビフライカレーか……迷うなぁ！」

「師匠はLカツカレーでいいですね」

「メニューすら選ばせてもらえないの⁉」

大きなトンカツが載った定番のメニューを強要された。まあ、いいけど……。

「あいはLマヨにしますー」

Lカツカレーのマヨネーズトッピング、という意味らしい。

カウンターに並んで座って店員さんに食券を渡す。

すぐにカツを揚げる音が聞こえてきた。続いて、タンタンタン！　というリズミカルな包丁の音も。揚げたてのカツをカットしているんだろうか。

そして遂に俺は――――本場の金沢カレーと対面した。

「おお！　本当にフォークで食べるんだな……」

ソースのかかった大きなカツ。その横には千切りキャベツ。

銀色に輝くステンレスの深皿いっぱいに敷き詰められた、ドロリとした漆黒のルー。

米は……米はどこだ？　米の姿が全く見えない……。

「うふふ♡　あいの初めて、召し上がれ？」

カレーを前にしてなかったら著しく誤解されかねない弟子の言葉と一緒に、俺はフォークで掬った金沢カレーを恐る恐る口に運ぶ。

うッ⁉　な、なんだこれは……⁉

ルーは濃厚で、カツはジューシーで……甘くて辛くて……。

この味を表現する言葉を、俺は一つしか持っていなかった。

「うん！　うまい‼　市場でカレー食って大正解‼」

「はふはふ……おいひぃ♡」

あいも小さな口いっぱいにカレーを頬張ってる。フォークが止まらない勢いだ。

そこからはもうひたすら無心。会話も一切無し。ただひたすらカレーを食べ続ける……。

二人とも、あっというまに完食である。

「ふー……満腹以上の満足感……」

大きなコップに入った冷水を一気に飲み干す。水すらも美味い。ぷはー。

「はふぅ～……おいしかったですぅ♡」

あいも恍惚とした表情だ。トロトロに蕩けちゃってる。JSにこんな表情させちゃう金沢カレーやばい。犯罪じゃない？

「いやぁ……こんな店が近所にあったら毎日通っちゃうな……」

「ここ、最近は全国へ通販もしてくれてるんです。だから食べたくなったらいつでも食べられます！　世界一おいしいカレーをおうちで味わえちゃいます！」

「マジで⁉」

すげェ！　取り締まられたりしないの？

「けど……あいが最初に作ってくれたカレーのほうがインパクトあったよ。俺、意識失っちゃったもん」

あいにとって、お父さんと初めて食べたこのお店のカレーが一番なんだろう。美味しいうえに、思い出というスパイスがかかってるから。

だとしたら俺にとって一番なのは――

「ここのカレーも美味しいけど……俺が人生で一番美味しかったのは、あいのカレーかな？」

「っ！　…………ししょー……」

あいは大きく目を見開く。

そして瞳をうるうるさせながら……ぼうっとした表情で、こんなことを言った。

「あつい」

「ん？　カレーが辛かったか？　お水飲む？」

「のむ……」

コップに冷水を注いであげると、あいはぼーっとした表情のまま、それを「んく、んく、んく……」と喉を鳴らして飲む。顎先を伝って溢れた水がぽたぽた垂れた。

「ん、ふぁ……」

まるで酔っ払ってるみたいだ。カレーに何か入ってたのかな？　隠し味的な？

「あつい……あついよぉ……」

あいは切なげにそう繰り返すと、ブラウスのボタンを外して襟元を大きく開き、服をぱたぱたさせて胸に冷たい空気を送り込む。

隣から見下ろしてると、際どい部分まで見えちゃいそうになってて………って!!

ち、違うぞ!?　覗き込んだんじゃなくて見えちゃったんだぞ!?

「そ……そうだね。ちょっと熱いね……」

ゴクリ。俺も冷たい水を飲んで、熱くなった部分を冷ます。いや熱くなってないが？

頰に注がれる弟子の熱っぽい視線を感じていると——

「あっ。師匠、ほっぺにお米がついてますよ？」

「えっ？　どこどこ？」

「ここー」

ぺろっ。

ほっぺたに、柔らかくて……ちょっと湿った感触が。

え？

あ、あいちゃん……いま、俺を…………舐めた？

小さな舌の上に載った米粒を、あいは得意げに俺に見せてから――――ぱくっ。

「にへー♡」

「おいしい」

ざわっ……!!　店内に動揺が走った。

「おい、あれ……」「ロリコン……？」「カレーに小学生をトッピング……だと？」「ＬカツのＬはロリのＬだったのか……」「あの男、朝刊で見たような……？」「通報……」

ヤバイヤバイヤバイヤバいぃぃぃぃ!!

「そっ、そろそろ出ようか！　他にも観光する場所があるんだよな？　な!?」

マタタビの匂いを嗅いだ猫みたいになってる弟子を抱えるようにして、俺はカレー屋を後にする。

初めて本場で食べた金沢カレーは、美味くて、濃厚で……ちょっぴり危険な香りがした。

◯　もしかしたら……

お店を出て少ししたら、あいの様子は元に戻った。やはり金沢カレーの影響だったっぽい。やべえよあの料理……。

安心したのも束の間。市場の出口に着いてみると、予想外の事態が。

「あれ⁉　雨降ってんじゃん！」

「雨ですねー」

市場の中はアーケードだから気付かなかったけど、けっこう前から降ってたっぽい。

しかしあいは落ち着いてリュックから何かを取り出す。

「だいじょうぶです師匠。折り畳みの傘がありますから」

「お？　用意がいいな」

「えへん！　金沢では『お弁当を忘れても傘を忘れるな』っていうくらい、ひんぱんに雨が降るんです。えらい？」

「えらいえらい」

「はにゃ～♡」

頭を撫でてあげると、あいはふにゃふにゃした。まだちょっとカレー残ってるな？

雨といってもそんな激しいものじゃない。霧みたいな小雨だ。

濡れて行っても大丈夫そうなんだけど——

「ふふ。ししょーと相合い傘♪」

「……ったく。もうすぐ十一歳になるのに甘えん坊だね、うちの一番弟子は」

「もっとあまえるー♡」

ついに俺の腕にぶらさがってしまうあい。かわいいな畜生。

「この広い道は『百万石通り』っていうんです。金沢の中心街をぐるっと取り囲むように走ってて、お祭りのときはパレードするんですよ！」

市場から中心街に向かって歩きながら、あいは説明してくれる。

「あいは本当に詳しいなぁ」

「金沢っ子になる予定でしたから」

「え？」

「もし大阪に行かなかったら……たぶん、中学校からは金沢の学校に通っていたと思います。親戚の家に下宿させていただいて」

「そっか……あいが暮らしてたかもしれない街なんだな」

思えば不思議な縁だ。

福井の山奥に生まれた、ごく普通の家庭の二男坊。

日本一の温泉旅館の娘として生まれ、幼少時から女将になるため英才教育を受けた少女。

その二人が大阪で同居してるなんて……。

「ここが若者の街、香林坊(こうりんぼう)です！　オシャレなお店がいっぱいです！」

「確かに観光客より地元の若者が多い感じだね」

大学生っぽい集団もいれば、部活や予備校に行く途中なのか制服姿の中高生もいる。

そんな同世代の姿を見て、ふと思った。

「……俺も将棋と出会ってなかったら、今頃(いまごろ)は金沢の大学を目指して勉強してたのかもしれないな」

「ししょーが大学生……？　なんだか新鮮です！」

「兄貴が結構いい大学に行っちゃったからさぁ。俺もプレッシャー掛かってたと思うよ？」

「じゃあもしかしたら、わたしたちの出会いも金沢だったかもしれませんね！」

「ふふ！　そうかもな！」

大学生になった俺と、中学生のあい。

二人はここ金沢で偶然出会う。

道ですれ違うだけかもしれない。けど、もしかしたら……何かをきっかけに、お互いをよく知り合うようになるかもしれない。

一つだけ、確かなことがあるとすれば——

それは『師弟(してい)』という関係だけは、有り得なかったということ。

香林坊で百万石通りを外れ、裏道のような細い場所を通って行くと……いつのまにか古風な建物がひしめくエリアに足を踏み入れていた。

「あい？　ここは……？」

「長町武家屋敷（ながまちぶけやしき）です！　外国人観光客さんに、ちょー人気な場所です！」

「いや、こりゃすごい……まるで江戸時代の街並みにタイムスリップしたみたいだ……」

当然ここでも一枚ぴろりん☆

相合い傘のまま自撮りしていると、観光客のおばさんにからかわれた。

「あらいいわねお兄さん！　かわいいカノジョ連れて」

「え⁉　いやこの子は――」

「はい！　カノジョですっ‼　だよね？　やいちさん♡」

あいは俺の腕に全身でぎゅっとしてくる。嬉しそうに。

……ま、いっか。

今だけは師弟じゃなくて恋人気分で歩いてみるのも。俺たちのことを知ってる人のいない街で、一日だけ全く別の人生を歩いてみるのも。

「せっかくだから撮ってあげるわよ」というおばさんの好意に甘えて、ちゃんとした記念写真を撮ってもらった。傘持ってると撮りづらいしね……。

「やいちさん。あい、おだんご食べたーい！」

「はいはい」

ついに呼び方まで変わってしまった。

俺が傘を持ち、あいは団子を持つ。丸いお団子が三つ刺さったみたらし団子。

一番上の団子を食べたあいが串をこっちに差し出してくる。

「やいちさんも食べて！　はい、あーん♡」

「いや、それはさすがに……痛いッ！　あいちゃん団子の串でほっぺツンツンするの普通に痛いし怖いから！」

「あーん♡」

「……あーん」

「おいしい？」

「おいしいおいしい」

いつからだろう？

将棋が無くても、あいと一緒にこうして過ごせるようになったのは？

去年の竜王戦で師弟関係が破綻しそうになった、あの危機を乗り越えたから？

それとも……もっと前から、将棋抜きでも俺たちはこうやって並んで歩けたんだろうか？

わからない。将棋のない人生なんて考えたこともなかったから。

けれどもし、この世界に将棋がなかったとしてもきっと俺は、この街でこの子と出会い……この子を特別に思うようになっていただろう。

今日、こうして将棋抜きで過ごしてみて……そのことを確かめられてよかった。

ふと周囲を見れば、観光客は傘を差していない。

「雨、止んでるな」

「ぶー！　もうちょっと降っててくれればいいのに……雨のくせに空気読めないです！」

「はは。金沢は降ったり止んだりなんだろ？　また降るかもよ？」

俺から受け取った傘を、あいは丁寧にひだを直しつつ折り畳む。そんな仕種が古都金沢と驚くほど馴染んでいる。

この街はきっと、あいの魅力を最も引き出してくれる場所。

銀子ちゃんからはほとんど感じられない、家庭的な魅力。それをこの子の中に見た気がして……俺は慌ててあいから目を逸らした。

見詰めたままでいたら、もう二度と目を離すことができなくなりそうな気がして……。

「……さて！　次はどこ行くんだ？」

「近くにバス停がありますから、そこからバスに乗って――」

あいが傘をリュックに仕舞いながら歩き出そうとした、その時。

ズルッ！

「あっ……‼」

雨に濡れた石畳に足を滑らせたあいが、その場で転んでしまった。

「あい⁉」

転んだまま起き上がれない弟子に駆け寄り、慌てて抱き起こす。

「大丈夫か⁉　挫いたのか⁉　右手は……右手は無事かッ⁉」

「きゃっ……」

俺の剣幕に驚いたのか、腕の中のあいは顔を真っ赤にしている。

靴の脱げてしまった右足を手で触りながら、

「だ……だいじょうぶです、ししょう………靴擦れが、ちょっと痛くて。それで躓いちゃっただけですから……」

「そうか」

ホッとした。

捻挫だと正座が苦しくなるから、将棋に影響が出る。靴擦れならほとんど影響はないだろう……不幸中の幸いだ。

転がっているあいの小さな靴を拾いながら、俺は後悔でいっぱいだった。

——俺が甘えたせいで、あいをたくさん歩かせてしまった。

こんな小さな足で……大人の男である俺と同じスピードで歩こうとすれば、無理が来るのはわかりきってたのに……。

それでもあいは笑顔で、無邪気に、俺を案内してくれた。

「……もっともっと、師匠といっぱい金沢観光したかったのに………ひがし茶屋街(ちゃやがい)も忍者寺も見てもらってないし、犀川(さいがわ)も卯辰山(うだつやま)も二十一世紀美術館だって——」

しかもまだ俺を案内してくれようとしている……ああ！　もうっ!!

「ふぇっ!?」

あいは転んだ時より大きな声を上げた。俺があいをおんぶしたからだ。

「し、師匠!?　じ、じじ、自分で歩けますから！」

「軽い軽い。俺、十八歳になったんだぜ？　大人の男の力を見せてやるよ！」

「でも……」

「それに今日は俺、あいに一日レンタルされてるんだろ？　だからあいの指示がなきゃ何もできないじゃん」

ニヤリと笑ってそう言うと、俺は絶対あいを下ろさないと腕の力で意思表示しながら、

「さ！　どちらに参りますか？」

「………」

背中のあいは、しばらく黙っていたけど………やがて小さく呟(つぶや)いた。

「…………どこにも行きたくない……」

「え？」

「ずっと…………ずっと、このまま――――」

その声は小さくて……聞き取れないほど小さくて。

それから俺の首筋に、温かいものが落ちる。

これ……涙？　泣いてるのか？

「あい？　どうした？　……やっぱり痛むのか？　タクシーを――」

「だめっ!!」

「……あい？」

「だってもったいないじゃないですか！　バス停はすぐそこなんですよ？　師匠、きりきり歩いてくださいね？」

「はいはい」

タクシーを諦めてバス停まで歩くと、あいは金沢駅行きのバスに乗るようにと最後の指示を出した。

その声はまだちょっと残念そうだけど、雨上がりの空みたいに晴れ渡っていたから、俺はおんぶしてよかったと思ったんだ。

……観光地のド真ん中で小学生の女の子をおんぶしながらバスを待ってるのは、ちょっと恥ずかしかったけど……周囲の人々に微笑ましいものを見るような視線を向けられたり、メチャ写真も撮られたけど……。

最後の写真は、金沢駅。

有名な鼓門の前で、あいをおんぶしたまま撮ったから、何だか変な写真になってしまった。

俺、頭しか写ってないし……。

それを見て二人で大笑いした。

あいは目に大粒の涙すら浮かべて……それがポロポロと頬を伝うから、まるで泣いてるみたいだった。

「はー………やっぱり、一日じゃぜんぜん足りないや……」

笑いすぎてずっと止まらないままの涙をぬぐいながら、あいは溜め息のようにそう言った。

「焦らなくてもいいよ。また来ればいいんだし」

「……そうですねっ！」

あいは泣き笑いの表情で頷く。

まるで金沢の天気みたいに、あいはこの日、泣いたり笑ったりだ。天気の子だ。

金沢駅の充実した土産コーナーで抱えきれないほどのお土産を買って、大阪へ帰るサンダーバードに乗った。

そうさ。また来ればいい。今度は天衣(あい)や師匠や銀子ちゃんも一緒に。

俺たちはずっと一緒なんだから。ずっと師弟なんだから。

将棋を続ける限り……いや、もう将棋なんてなくたって、この関係は永遠に変わらないのだから——

「師匠」

「ん？」

「詰将棋(つめしょうぎ)の早解き、しましょう！」

特急列車の中で久しぶりにやった詰将棋の早解き勝負は、九勝一敗。

ちなみに俺が一勝で、あいちゃんが九勝でした……。

今回の旅行で元気をもらった俺は、続く帝位戦第四局でも敗北を怖れずに強く踏み込むことができた。

ちょっと踏み込みすぎて、あいみたいに派手に転んでしまったけど……。

それでも、苛酷なスケジュールの中で、苦しい局面の中で、将棋を楽しむ余裕を持つことができたのは……弟子との絆(きずな)を確認できたから。

『会えなくても心は繫がってる』

そう信じられるからこそ、何の憂(うれ)いも無く最後までタイトル戦に集中できたんだ。

あたらしい王

『終わるまで少し、昔話をしようか』

空銀子が握り締めているスマホの画面に映るプロ棋士は、自身の解説者としての役割が終了したことを、そんな言葉で表現した。

『そうですね』

聞き手を務める鹿路庭珠代女流二段も頷く。

対局はまだ続いていた。

けれど現局面はもう、儀式とでも呼ぶべき段階に移行している。

古い王がその座を譲り、新しい王が生まれるための、儀式。

『挑戦者の……八一クンのデビュー戦の相手を務めたのは、このボクだったんだよ。今思えば光栄なことだったよね！』

解説者は同意を求めるようにそう言ってから、

『でも正直、あの時の八一クンには才能の煌めきを感じなかった』

一転して、嘲るような口調で当時の将棋を語る。

『序盤は穴だらけ。中盤は貧弱で、しかも最後は読み抜けで頓死したんだからね！　よくこれで三段リーグを抜けられたものだと呆れ返ったよ』

『けど、それが今や大活躍ですよね？　何でデビュー戦はそんな不出来だったんです？』

『奨励会の影響だろうね』

『奨励会の？』

『あの時、将棋連盟は名人以来の中学生棋士誕生っていうことで、その話題を世間にＰＲしようと躍起になっていた。それで無茶をさせてしまったんだ。奨励会を抜けたばかりの、たった十五歳の少年に、いきなり長い持ち時間の将棋を指させるなんて無茶を』

八一のデビュー戦が行われたのは、プロ棋士として正式に登録された十月一日。制度上、最速で対局が組まれた。

しかも相手は当時Ｂ級１組という、本来なら予選は免除されるはずの、関東屈指のイケメン棋士――山刀伐尽七段。

その期にＡ級八段へ上る将棋の鬼を噛ませ犬に選ぶという致命的なミスを、連盟は犯した。

『まだ身体の出来上がってない若い短距離走者に、いきなりマラソンを走らせるようなものさ。そんなことしたら…………壊れちゃうよね？』

ふふふ、と壊した張本人が笑いながら言う。

あの敗戦でショックを受けた八一は将棋会館から走って茅ヶ崎まで行き、海に飛び込んだ。

銀子は「将棋を辞める！」と騒いだ弟弟子を迎えに行ったことを思い出していた。

――辞めるなんて初めて聞いたから驚いて……優しい言葉も掛けられなかったっけ。

『でも二年後に再戦した時は、完膚(かんぷ)無きまでに負かされたよ』

『あの将棋は……ヤバかったですよね。いきなり振り飛車指し始めましたし……終盤の三連続限定合駒(あいごま)なんて、人類に読めるのかよって……』

　銀子もその日のことをよく憶えていた。桂香に語った将棋星人の話のことも。

──あの時よりも距離は縮まったはず。私もあの星へ辿(たど)り着いたんだから……。

　縋(すが)るようにスマホを握り締めた銀子へ語り掛けているかのように、山刀伐は言葉を紡(つむ)いでいく。

『つまり何が言いたいかというとね？　八一クンは、壁があれば必ずそれを超えるんだ。自分に超えられない壁は無いと信じている……そう信じられることこそが彼の才能の証明なんだ』

『子供みたいに？』

『そう。子供みたいに、ね』

　クスクスと笑う山刀伐の笑顔は、子供と呼ぶにはあまりにも邪気があった。

『今回の帝位戦がいい例だよ。第二局で於鬼頭クンが新しいソフトの使い方を示したら、第三局で八一クンは早くもそのお返しをした。第四局で於鬼頭クンがさらに引き出しを開けて対抗すると、第五局でもうそれを超える。あっさりと』

　そして八一が奪取にリーチを掛けて迎えた第六局では──

『この第六局は、もう……将棋にならなかったね』

儀式はまだ続いている。

しかしそれが終われば……於鬼頭はもう永遠に、八一には勝てないのではないか。そう思わせるほど今日の将棋には差が付いていた。

『今、関東の若手が八一クンのことを何て呼んでるか、知ってるかい？』

『《西の魔王》……でしたっけ』

『そう。今まで彼には異名がなかった。みんなそれを付けないようにしてたんだ。彼はこれまで将棋界が天才と認めてきた存在からは、あまりにも異質だったから』

『異質？』

『昔はね？　天才の定義って、他の誰にも思いつかないような手を指せることだったのさ。名人が終盤で見せるマジックみたいな』

正統派の将棋を指す人間が、終盤でキラリと光る手を放つ。

それが将棋界の認める天才の定義だった――――ソフトが出現するまでは。

『でも今は、ソフトが示すのと同じ手を指せるかが重要になった。研究から外れた局面でも、時間が無くなっても、ソフトと同じ手を正確に指し続けられることこそが天才の証明なんだ』

『九頭竜竜王はそれができるってことですか？』

『違う』

山刀伐は嬉しそうに否定した。

『彼はね？　超えるんだよ！　ソフトの示す以上の手を指す。人間からは異常とも見えるソフトの指し筋を、さらに超えて来る。その場では気付かなくても、家に帰ってソフトに指し手を入力して、八一クンの本当の才能を思い知らされる……でもソフトに教わることに慣れてしまったプロ棋士たちにはもう、彼を超える手段を見つけられない』

『……………』

『もっと強いソフトが出たら一時的には八一クンを倒せるかもしれない。でも今回のタイトル戦みたいに、戦っているうちに八一クンはそのソフトの発想を吸収してしまう。そしてまた、それを超える』

予測というよりも事実を述べる口調で山刀伐は断言した。

『評価値という絶対的な指標が出たことで、それまで《異筋》や《力戦》って曖昧な言葉で濁されてきた八一クンの才能が誰の目にも見えるようになってしまったのさ。ソフトで研究するという行為そのものが彼の才能を検証する作業になってしまっているんだからね』

つまりソフトに依存する人間であればあるほど、八一の才能を思い知らされる。

しかし現在、ソフトを使わず将棋の研究をするのは不可能に近い。

だとしたら――

『於鬼頭クンは最善を尽くした。彼は誰よりも早くソフトの有用性を理解し、その使い方を含めて研究してきた。彼にできる精一杯のことをして、このタイトル戦に臨んだんだ。髪を剃り上げてまでね。その姿勢を、同世代の棋士としてボクは尊敬する』

『じゃあ………於鬼頭帝位の、何が悪かったんでしょう?』

『相手だね』

今回のタイトル戦を山刀伐が短く総括したのとほぼ同時に、禿頭が盤の上に影を作る。

終わりが訪れたのだ。

『於鬼頭帝位が投了されました。これにより、挑戦者の九頭竜八一竜王がタイトル奪取に成功……新帝位の誕生です』

同じ将棋界で起こった出来事のはずなのに、鹿路庭の口調はまるでどこか別の惑星での出来事を報じるかのように淡々としていた。

『十八歳二ヶ月での二冠獲得は、史上最速。あの名人が二一歳で達成した記録を、三年以上も更新したことになります。女性初のプロ棋士になった姉弟子の空銀子四段と一緒に、姉弟で将棋界に新たな歴史を刻み続けていますね』

用意された原稿を読み上げるような、何の感情もこもっていない声が、スマホから響く。

九頭竜八一。

竜王二期。順位戦C級1組。九段。

そして新たに帝位一期が加わった。史上最年少二冠という記録と共に。

《西の魔王》の異名を持つ、おそらく今、人類以外の存在を含めた中で最も将棋の強い存在。

「…………そして、私の恋人………」

自分に言い聞かせるかのように銀子はそう呟くと、八一とお揃いの腕時計の秒針を切な気にじっと見詰める。

「また、遠くなっちゃったね……刻んでる時間は同じはずなのに」

……銀子がスマホの電源を落としてからも中継は続いており、山刀伐と鹿路庭は息の合ったトークを交えつつ最終局となった将棋のポイントを解説していた。

『そういえばさっき、九頭竜二冠のデビュー戦のこと言ってましたけど……山刀伐先生のデビュー戦はどうだったんでしたっけ？』

『珠代クンは隙あらばボクのことを貶そうとするよね？』

山刀伐は溜め息を吐いてから、

『……ボクのデビュー戦も黒星だったよ。しかも相手は女流棋士。それはもう叩かれたものさ……研修会からやり直せってね』

『奨励会よりさらに下ですね！　ぷーくすくす！』

『実際そうしたいとすら思ったよ。次の相手はアマチュアで、その将棋にも負けたんだから。おかげでプロになってしばらくは、まともな精神状態で対局できなかった。アマチュア相手の指導対局でも、動悸が止まらなくなるくらいに……』

『………』

　イジり過ぎたことを反省して黙り込む鹿路庭だったが……山刀伐が次に口にした言葉を聞いて、驚きの表情を浮かべた。

『けどね？　プロが女流棋士に負けるのが当たり前と受け止められる世の中が、もうすぐ来る』

『へ？』

『実は最近、女流棋士と研究会をしていてね？　その子がもう……凄まじい才能なんだよ！』

『……ふーん』

　どことなくつまらなさそうな反応をする鹿路庭の態度など全く気にすることなく、山刀伐はこの日一番興奮した口調で話し続ける。

『あの子がこのまま伸びればきっと、プロ棋士に互角以上の戦いをするようになる。いや、もう部分的にはプロを超えているとすら思う』

『でもでもー。女流棋士のままだったら、どんなに強くなったってプロと対局する機会なんてほぼ無ですし。空四段みたいに奨励会に入れるんですかぁ？』

『順位戦以外の棋戦には女流のトップが出場できる枠もあるよ。早くそこに入れるくらい強くなって欲しいね！　そうすれば――』

『そうすれば？』

『ボク以外にもデビュー戦で女流棋士に負けるプロが出るかもしれない』

そして山刀伐尽は底抜けに明るい笑顔で言った。地獄に棲む鬼の笑顔で。

『仲間が増えるのは、純粋に嬉しいよね？』

☖ 対局者

「お待たせしました！　すみません、宿を出る直前に記者に捕まっちゃって……」

「いや。私もいま来たところだ」

帝位戦第六局は福岡で行われ、それが決着局となった。

「行こうか。店はこちらで決めてよかったかな？」

「はい」

そして記者会見や打ち上げが終わった後、俺は夜の街へと繰り出していた。

数時間前まで盤を挟んで死闘を繰り広げていた相手――於鬼頭曜前帝位と、二人だけで。

「遅くなってホントすみませんでした。供御飯さんがしつこくて……」

「観戦記のための取材が？」

「いえ。特に理由も無く追跡てこようとするんで、撒くのに手間取りました」

「……………そうか。大変だな」

第一局と第二局で実家の権力を笠に観戦記を担当した供御飯さんだったけど、それ以降も記録係だったり将棋雑誌と全く関係のないタウン誌の記事でタイトル戦を取り上げるという名目だったりと、結局全ての対局に同行してきた。

「あの人が昔から俺の将棋に興味を持ってくれてて、それを記事にしてくれるのには感謝しかないんですが……」

ない……んだけど、最近ちょっと度を超してるっていうか……しかもあんな巨乳美女が地方の対局まで毎回くっ付いて来ることに銀子ちゃんが明らかにイラついてるし……ただでさえ巨乳に当たりが厳しいというのに……。

なんてことを考えてると、於鬼頭さんの足が止まった。

「ここだ」

「ッ!? こ、ここは……!!」

長かった帝位戦の締めくくりに於鬼頭さんが選んだ店。それは――

「ラーメンですね」

「ラーメンだ」

博多(はかた)ラーメンのお店だった。中に入って順番に食券を買う。勘定(かんじょう)は割り勘だ。帝位戦は終わったけどすぐ竜王戦が始まるということで、そこは線を引いた。

カウンター席に並んで座ると、食券を店員さんに渡しながら俺は尋ねた。

「於鬼頭先生もラーメンとか食べるんですね?」

「対局中は食事に関して挑戦しづらい。私は食事も勝負の一部と考えている……が、終われば色々と食べねば損だ」

「せっかく地方に来てるんですしね！」

この意見には俺も同歩でしかない。福岡に来たら博多ラーメン食べたいよね！

「……けど、驚きました」

「私が君を誘ったことが？」

「はい。先生はもっと、こう……対局相手と距離を取られるのかと」

「モチベーションの保ち方は棋士によって異なるが、君とであればこうして会話したほうが次の対局のためになると判断した。嫌であれば断ってくれても構わない」

「いえ。俺も一度じっくり話したいと思ってました」

生石さんが対抗心を燃やす相手だから、最初はバチバチだった。

けど第一局で、銀子ちゃんの元へ行くために背中を押してくれた恩がある。

この人を憎み続けるのは難しい。

「対局中に廊下ですれ違った時、いきなり話し掛けられたのには驚きましたけど……思い返せば先生は、感想戦でも深い部分まで話してくださったなと思って」

「ソフト研究だけでは行き詰まるからな」

「俺もそれは感じてて。ソフトの成長も頭打ちになってますし、研究する戦法も一巡しました。

ブレイクスルーを必要としてますよね？」

たとえば角換わり。

俺自身が『革命は起こした』と宣言した通り、それまで千日手（せんにちて）歓迎の待機戦法だったのが、ソフト研究によって攻めて勝てる戦法になり大流行。

でも今はまた後手の待機策を打ち破れなくなってきた。

ソフト同士の対局でもその状況が発生してしまっているのだ。

「確かに最近では、ソフトで将棋の研究をするというよりもソフトの使い方を研究するという方向に進んでいたと思う。ただ——」

「ただ？」

「深層学習系（ディープラーニング）のソフトが実用に耐えうるレベルになってきた。竜王戦は、そちらで研究した成果をぶつけるつもりだ」

「ディープラーニングが……⁉」

聞いた瞬間、俺は思わず身を乗り出していた。

「……囲碁のソフトはそっちでしたよね？『絶対に人間を超えられない』って言われてたのにあっさり超えちゃったという……」

将棋ソフトが人類を超えたのは、もちろん衝撃的ではあった。

けどチェスで人類を超えた時から、いずれ将棋も超えられるだろうという予測は立っていた。

しかし囲碁は将棋よりも盤面が広く、遙かに複雑なゲームだ。

海外の巨大ＩＴ企業がディープラーニングによって開発したソフトが、囲碁の世界チャンピオンを倒した様子はリアルタイムで中継され……全世界に衝撃が走った。

『人類の仕事が全てＡＩに奪われる‼』

そんな感じで世界的なニュースとして大々的に報じられ、あの名人もディープラーニングに興味を持ってわざわざ海外の研究所まで赴いたとか……。

「で、強いんですか？　将棋のディープラーニングは？」

「強い。特に序盤の表現力は隔絶している」

於鬼頭先生は俺の目をじっと見て、衝撃的な言葉を放つ。

「半年もすれば、おそらくレートは五〇〇〇に達するだろう」

「ごっ」

嘘を言ってる目じゃない。

「…………せん、ですか？　それは……もう…………」

「私が才能を可視化するシステムを作った際、強さの上限として設定したレートが五〇〇〇だ。いわば神のレーティングだな」

学会で論文を発表するかのように淡々と、於鬼頭先生は語る。

「ちなみに私の計算では、名人のレートは三四〇〇。君もほぼ同じ。そして私や他のA級棋士が三三〇〇付近となる。CPUで動く現行のソフトは、レート四六〇〇付近で限界に達すると予測されていた。しかしGPU（グラフィックス・プロセッシング・ユニット）を使うディープラーニング系のソフトは、五〇〇〇を超えてさらに強くなるだろう」

技術的な部分は、俺にはよくわからない。

ただ……あと半年で、とんでもないことが起こる。それだけはわかった。

「どうした？　震えているが？　……さすがの君も、絶望しているのか？」

「いえ」

神のように強いソフトの出現は、新たな革命の到来を意味する。

積み上げてきた将棋観が一瞬で無になる……それを怖（おそ）れる棋士もいるだろう。

だが、俺は――

「どっちかといえばワクワクしてます。神様に教わって強くなった於鬼頭先生と戦えるのが」

「……………」

於鬼頭先生は驚いたように目を見開いて、沈黙する。予想外の手を指された時のように。

「どうしました先生？　急に黙り込んじゃって……」

「この話をするのは君が二人目だが、一人目と似たような反応だったので」

「ふたりめ？　……一人目は誰だったんです？」

「名人」

「名人が⁉　な、何て言ったんですか⁉」

「『せっかく神様が現れるのなら、早くお手合わせ願いたい』と」

うっわぁ……。

「……言いそうですね、あの人なら………スゲェ言いそう………」

完全に戦闘民族（バーサーカー）の発言だ。盤から離れれば変人揃いの将棋界で数少ない常識人だというのに、盤の前だと一番ヤバい存在になる。

そして誰よりも早く新しいソフトの発想を吸収して、また手がつけられないほど強くなるんだろう。それこそ、本物の神のように。

俺もそこに喰（く）らいついていきたい。

そしてまた、あの竜王戦みたいな痺（しび）れる将棋を指したい……‼

想像するだけで熱くなっていく身体と心を冷やすために、氷の入った水をガブ飲みする。

渇く……！　熱い……‼

「でも先生？　これからまた番勝負を戦うんですから、新しいソフトの情報は隠してたほうが有利になるのに……どうして俺にそこまで教えてくれるんです？」

「自分の子供と同じ年頃（としごろ）だからだろうか」

持っていたコップがストンと垂直に手から落ちる。

「…………お子さんがいらっしゃったんですか？」

「結婚はしなかったが」

サラッと続けられる爆弾発言。

「相手は、私が家庭人に向かないことを理解していたのだろう。認知も求められなかったので存在を知ったのは最近のことだ。こうして子供のことを話すのも将棋界では君が最初だよ」

て、帝位戦が終わってからでよかった……途中だったら動揺して将棋に影響してたかもしれない…………レート五〇〇〇って言われた時よりびっくりした……。

「いつ……わかったんです？　お子さんのこと……」

「二年ほど前だろうか。棋士になったのは君よりも少し早かったはずだ」

「……？」

目の前のカウンターに豚骨ラーメンが運ばれて来たが、それどころじゃない。

「棋士なんですか⁉」

「そうだが？　食べよう。伸びる」

於鬼頭先生はこっちの驚きを無視してラーメンをスマホで撮影すると、麺を啜り始めた。

気になるよぉ……ラーメン食べてる場合じゃないよぉ……。

「あまり箸が動いていないようだが、口に合わなかったか？」

「味なんてわかりませんよ！」

「幸運だな。ここまで微妙なものが出てくるとは想像していなかった」

そう言いつつもスープまで飲み干すと、於鬼頭先生は空になったドンブリをまたスマホで撮影した。レビューでも書くつもり……？

「………どんな気持ちですか？　子供がいるって」

いろいろと聞きたいことはあったが……俺は思わずそんなことを尋ねていた。自分が銀子ちゃんとの将来を意識しているからこんな質問が口を突いたのかもしれない。

「未来」

「へ？」

「私が自殺未遂をして病院で目を醒（さ）ました時、昔一緒に暮らしていた女性が現れてこう言ったのだ。『あなたの子供を育てました。養育費をください』と」

「…………」

「既に財産を整理してしまっていた私には、その額をすぐには用意できなかった。そう伝えると『何年かかってもいいから払ってください』と言われた」

俺はバカだが、それが遺産や養育費欲しさの言葉じゃないことくらいはわかる。

「私のような人間にとって、将棋以外で金を稼ぐことなどできない。だからこうして戦（生き）っている。そうする理由ができたから」

「お子さんの存在が……先生に未来をくれたんですね？」

「私くらいの年齢になると、毎日が衰えとの戦いになる。昨日できたことが今日はできなくなっている。現状維持に力を割く。そんな日々は精神の消耗が激しい。生きていく意味が見えなくなる。ましてや勝負の世界なら」

淡々と、けど普段は感じられない温かさのようなものが混じった口調で、於鬼頭先生は語り続ける。

「しかし子供は、昨日できなかったことが今日はできるようになっている。後退することはない。自分と似た存在が成長していくのを見ていると……未来が楽しみになった」

微笑みのようなものすら浮かべ、先生は俺に問い掛ける。

「そのことは、むしろ幼い内弟子を持つ君のほうが詳しいのでは？」

「そう……かもしれませんね」

ニヤリと笑い合うと、俺たちは水の入ったコップで乾杯をする。

それは新たなる闘いの……竜王戦七番勝負の開始を告げるゴングでもあった。

姉弟のようにして育った、ライバルでもある相思相愛の恋人。

元気と才能が溢れる、幼くてかわいい弟子。

そして――――神の領域まで自分を高めてくれる、強敵。

棋士として望みうる全てを得て、俺は実感していた。

かつてないほど自分が強くなっていくのを。

☗独占

東京と大阪を往復する日々が続いていた。

「ウィークリーマンションでも借りたらいかがです？　もしくは竜王のように空先生も新しくできた『ひな鶴』にお部屋を取ってもらうとか」

「いえ。ここが落ち着くので」

声に妙な棘が混じってしまった気がして、私は明るい声でつけ加える。

「小さい頃、病弱でずっと入院していたんです。だから病院の雰囲気が落ち着くのかもしれません」

最近はもう実家より長く居る病室。

そこで私は、ある人物と二人だけで向き合っていた。

「デビュー戦の相手どころか対局日すら決まらないまま膨大な取材やイベント出演をこなす日々かと思います。そういった状況は、空先生にとっても初めてでは？」

供御飯万智山城桜花。ペンネーム・鵠。

この人からインタビューを申し込まれた時……私は条件を出した。

一対一。つまり『独占』であること。

「奨励会時代は二週間置きに必ず公式戦があったので、今みたいに対局に飢えるということは確かにありませんでしたね」

探り合うように敬語でやり取りしつつ、私たちは久しぶりに長い話をした。

もう出会って十年になる。

けど……仕事を抜きにして二人だけで長く話すということは一度もないから、こうした喋り方じゃないとお互い言葉が出てこない。

「ですが逆に言えば、じっくりと自分の将棋を見詰め直す時間が取れなかったということでもあります」

「相手が決まっていると、その対策に気持ちが行ってしまう？」

「ええ。だから今は長期的な視野に立って自分の力を伸ばせるような勉強法を探っています。これからプロとして長く戦っていくために」

「具体的にはどのような勉強をなさっていますか？」

「今は主に、詰将棋を」

「詰将棋？」

意外そうに聞き返される。確かに以前は私も、詰将棋なんて意味ないと思ってた。

「三段リーグの終盤に、知人から出題されて。それをずっと考えてたら……四段昇段の一局で最後の最後に同じような局面が――」

「詰将棋の筋が実戦に出たんですか⁉　す、すごい偶然ですね……」

「運が良かったと思います。けど、一万回に一度しか出ないようなチャンスを掴めたのは……自分が強くなったからかなって。初めて自分に自信が持てて……」

将棋の星。

私が憧れて、ずっと遠くにあると眺め続けていた存在。

そこに初めて足を踏み入れることができた切っ掛けが、詰将棋だったように思う。

将棋星人になる鍵を探し続けて、私は今も詰将棋を解き続けている。

盤上の全てを支配するようなあの感覚を忘れないためにも――

「……あと、今は忙し過ぎて詰将棋くらいしかできないというのがあります。外に出て誰かと将棋を指すというのも難しくなってしまったし」

もう何ヶ月も、一人で外を歩くなんてしていない。

もしかしたら一生そうなのかもと思って、ゾッとすることもある。

「それに関しては……報道側を代表してお詫び申し上げます」

「もともと目立つ姿をしてる私にも、責任……というか、仕方がない面もあると諦めていましたから。ああ、でも――」

　私はちょっとだけ意地悪な表情でつけ加える。

「誰かさんに《浪速の白雪姫》なんて名前をプレゼントされなかったら、もっと穏やかな人生を送れたとは思いますけど？」

「うふふ……すみません」

　名付け親は一瞬だけ狐のような笑みを浮かべると、

「世間の注目といえばやはり空四段のデビュー戦です。可能性としては、タイトルを保持している女流玉座の防衛戦もありますが――」

「普通に竜王戦じゃないですか？　せっかく史上初の女性プロ棋士が生まれたんですし、デビュー戦はプロの七大タイトル戦のどれかにすると思いますけど」

「そうですね。時期的にもその可能性が最も高いと思います」

「だとすると私が組み込まれるのは最下層の六組。このクラスは私みたいな新人か、衰えて上から落ちてきた高段者。そのどちらかが相手になるかと」

「それにアマ竜王戦の優勝者といった、プロ以外の人と当たる可能性も、僅かながら存在しますね」

『全人類の頂点』を標榜する竜王戦は、プロだけじゃなくアマチュアや女流棋士にも出場枠がある。制度上は誰でも竜王になれるのだ。

　……ま、現実的には不可能だけどね。

「もし、竜王戦を勝ち上がれば――」

万智さんは眼鏡(めがね)を外し、アップにしていた髪を解く。

そしてレコーダーのスイッチを切ると……私たちは初めて、仕事を抜きにした話を始めた。

「ようやく竜王サンと将棋を指せやすな？　同じ舞台で」

「……うん」

「四段昇段の記者会見で銀子ちゃんがしたスピーチ、とっても感動的どした。女の子が堂々とプロのタイトルを欲しいと宣言した。ものすごく勇気づけられる発言やった……」

女流棋士の顔で万智さんは言う。

「けど、こなたには意外やったんどす。てっきり銀子ちゃんはこう言わはる思ってたから……『竜王に挑戦して、弟弟子とタイトル戦で盤を挟みたい』と」

「ッ!!　…………それは…………」

絞り出すように私は答えた。そう言えなかったわけを。

「…………あいつが、また遠くなっちゃったから。あの夜より……」

私が万智さんに『独占』をお願いした理由。

そして万智さんが私にインタビューを申し込んだ理由。

それは――――あの夜にした話の続きをしたかったから。

昨年の竜王戦第七局。

八一が名人を相手に防衛を果たした直後、私はこの人と短い話をした。

『私が八一と本当にしたいことは、将棋なんです』

そう言った気持ちに嘘は無い。

けどその言葉の前に私は万智さんにこうも言っていた。

『私は八一のことが好きです』

手を繋いで一緒に街を歩きたい。一緒に映画を観たり、海へ行ったり、二人だけでいろいろなことをしてみたい。姉弟じゃなくて、恋人みたいに……そう私は言っていた。

「あの夜、私は…………万智さんだから言ったの。他の人にだったら絶対言わなかった。けどそれは…………万智さんを信頼してたからじゃなくて――」

「わかっておざります。牽制やね？」

「…………うん」

これは懺悔だ。

この人と初めて対局した時と同じように、汚い盤外戦術を使ったことの……。

「万智さんは美人だし頭もいいし将棋も強いし……八一の好きなタイプだから。それに万智さんも八一のことを――」

「せやね」

ノータイムで頷かれ、私は激しく動揺した。

「でも銀子ちゃんには勝てぬと悟り、ずっと前に封をしやした。心の隅に追いやって、蓋を閉めて。穴熊のように……」

女流棋界で最強の穴熊使いは、切なげな表情で語る。

「こなたは傷つくことを怖れて安全な場所から出られず、傍観者の道を選んだのどす。気がついたら必敗や。一度も攻め合うチャンスすら摑めずに」

「万智さん……」

「ふふ……いくら穴熊が得意でも、恋愛まで穴熊を採用しんでもええのになぁ？」

穴熊は固い。かつては私もその固さを強さだと信じていた。

しかし……傷つくことを怖れず、相手に向かって一直線に突き進む者の強さを目の当たりにして、考えを改めた。

「け、けど穴熊も……対振り飛車では優秀な戦法だと思うわよ？」

ホッとしてるのを隠そうと、私は慌ててこう言っていた。

「ソフトは評価してないみたいだけど、私だったら組めるときは穴熊に組むし……」

「せやね。人間同士の実戦なら穴熊は正義どす」

「あれ、ムカつくわよ。自分だけ安全な場所にいて、こっちが一手でもミスしたらあっさり逆転されるし」

「銀子ちゃんが竜王サンと大喧嘩したら、こなたの大逆転があるやもなぁ？」

うふふと妖艶に笑ってから、万智さんは私の腕を見て囁く。

「時計」

「え？」

「似合っておざりますよ。誕生日プレゼントでおざりましょ？」

「…………そっか。あのバカにしては気の利いたもの持って来たと思ったけど……」

「今度のプレゼントは大切にしていただけやすか？」

「……うん。デビュー戦にも持って行くつもり」

以前だったら嫉妬や猜疑心で時計をむしり取ってしまっただろう。

でも今は違った。

万智さんと話すことができてよかったと思った……デビュー戦の前に。

「この時計、あいつが腕に巻いてくれたの。それからずっと付けてる」

「一度も外さんと、ずっと？」

「うん」

「……」

それまで棋士だった万智さんの表情に、少しだけ記者のものが混じる。私は自分が口を滑らせたことを悟った。

「銀子ちゃん。こなたの勘違いやもしれぬけど、もしかして将――」

その時。

コン。コン。コン。

病室のドアがノックされ、私たちは会話を中断した。万智さんは眼鏡と髪を素早く整える。

「どうぞ」

「失礼いたします」

入室してきたのは、男鹿さざり女流初段。

そして、その肩に手を置いた――

「会長？　……今日って、何か予定がありましたか？」

「大切なものなので直接お届けに上がろうと思いまして」

「ッ…………!!」

心臓が、破裂しそうなほど大きく跳ねた。

対局通知……ッ！

「おめでとうございます。こうしてプロの対局通知を、あの小さかった銀子ちゃんに手渡すことができるのは、私にとっても感慨深い」

見慣れたはずの封筒が……この時は、まるで違ったものに見えた。一生に一度の儀式に立ち会った万智さんが完全に記者の顔に戻り、素早くカメラを構える。

「本当に……ここまでよく頑張りましたね」

会長の声は、珍しく震えていて。温かくて。

「っ……！　月光先生……ありがとう、ございます……」

ずっと気に掛けていただいたことは知っていた。

けど立場上、こうやって優しい声を掛けてもらったことは、数えるほどしかなくて……。

こみ上げてくる涙を堪(こら)えて封筒を受け取った私に、会長はさらにこう言った。

「普段通りの実力を発揮されることを願います」

「……？」

違和感の残る言葉に、思わず会長の表情を確認する。

けれど固く閉ざされた両目からはもう、感情と表現できるようなものは何一つ発見することはできない。

「空四段。鋏(はさみ)をどうぞ」

「……ありがとう」

男鹿さんが差し出してくれた鋏をなるべく平静な表情で受け取る。

落ち着け……落ち着け……。

けど、情けないことに手が震えて、何度鋏を動かしても封筒を切ることができない。

その様子を見ていた鵠さんはカメラを下ろして、

「私は席を外しましょうか？」

「いい。このまま居て」

むしろ誰かに居てほしかった。本当に居てほしい人は来られないってわかってるから……せめて、たくさんの人にいてほしかった。

ようやく鋏で封筒に切り込みを入れると、中から一枚の紙を取り出す。

手合課が発行した対局通知書には、私の初めてとなるプロ公式戦の情報が簡潔に記されていた。

たった一枚の、向こう側が透けてしまうほど薄い紙。

私は震える手でそれを広げる。

棋戦名は『竜王戦』。

対局場所は、東京の将棋会館。

そして相手は——————祭神雷女流帝位。

「第四譜」
祭神雷

☖　デビュー

その日は朝からバタバタと空の上が騒がしかった。

「千駄ヶ谷(せんだがや)の将棋会館までお願いします」

病院前のタクシー乗り場へ一人で歩いて行った私は、停(と)まっていた個人タクシーに乗り込むと、目的地を伝えた。

「将棋会館ね。こんな朝早くに……………えっ⁉」

ミラー越しに私の顔を見た運転手さんは、一気に眠気が吹き飛んだように声を上げる。

それから私の顔とラジオを交互に見比べた。

『今日のトップニュースは何と言っても《浪速(なにわ)の白雪姫》のプロデビュー戦！　数日前から都内に滞在しているという空(そら)四段は、十時から始まる竜王戦に――』

ラジオもテレビもネットもこんな具合に今日は私の将棋について報じ続けるんだろう。

おそるおそるといった感じで、尋ねられた。

「あの……………消そうか？」

「いえ。そのままで」

ラジオが流れていれば話し掛けられることもないだろう。

目を閉じて、今日の対局へ集中を高めていく。

車は静かに動き出した。

運転手さんがカーナビの設定をした様子が無いのが少しだけ不安だったけど、時間には余裕があったから黙っている。

『現在、空四段が乗った車は外苑西通りを南に向かって走っており、あと十分ほどで将棋会館に到着するものと――』

信号で停車した時、運転手さんは窓から空を見上げて、

「ははは。すごいな……この車を空から追いかけてきてら……」

バタバタうるさかったのは報道機関のヘリが私を見張っていたからだった。

四段に上がってから今日のデビュー戦までかなり日があったから少しは落ち着いたかと思ったけど、逆に過熱してしまったらしい。

――男鹿さんの言った通りね。

デビュー戦の日程が決まってから、周囲から人を遠ざけ、仕事以外はほとんどの時間を一人で過ごしてきた。

桂香さんにも、八一にも、親にも、そして今日の対局で『お迎えに上がりましょうか？』と強く言ってくれた男鹿さんにも、一人で行きたいと言ってある。

プロとして、一人で戦っていく。

その覚悟を、誰よりも自分に対して示したかった。

『空四段のデビュー戦の相手となった祭神雷女流帝位は、空四段より二歳年上の十八歳！　その若さで女流タイトルを三期連続保持する超強豪です！』

ラジオからは今日の相手の情報が流れてくる。

解説してるのは鹿路庭女流二段だ。

『しかも二人はマイナビ女子オープンの本戦で一度だけ戦ったことがあるんです！　その対局は空四段の勝ち……だったんですけどぉ、実はそれ祭神さんが反則しちゃったからなんです！　普通にやってたら祭神さんの勝ちだったんじゃね？　って意見もあるんですよ～。勝負は空四段の勝ちでも、才能は祭神さんが上だって』

『けどもう空四段はプロなんだから女流棋士には勝って当然なんですよね？』

『普通はそうなんですけどね～？　でも祭神さんって対プロの戦績が女流棋士の中でダントツトップなんですよ！　特例でプロにしちゃおうって議論が出たこともあるほど――』

その時、急に車が止まった。

鳩森神社前の信号を左折すると、もの凄い人集りで車が進めなくなってしまったのだ。

「うわっ！　これは……」

ハンドルを握ったまま運転手さんが絶句していると、

「この車じゃねえ？」「乗ってるぞ！」

まるでゾンビ映画のワンシーンのように、スマホを掲げた無数の人々がタクシーを取り囲んでしまう。ニュースを聞いた野次馬が集まってるようだ。

「ど、どうする？　強行突破ってわけにも……」

怯えた声を出す運転手さん。

連盟に電話すれば助けを呼んでもらえるだろう。

ただ今日だけは、それをしたくなかった。わがままを通したかった。

「ここからは歩いて行きます。ご迷惑をお掛けしました」

「そうか………あの、支払いはいいから、代わりにサインをもらっていいかな？」

油性のペンを差し出される。

躊躇する私に、運転手さんはさらにこう言った。

「小学生の娘があなたの影響で将棋を始めたんだ。土日はいつもここへ娘を連れて来てから仕事に行っててね」

「ああ……それで将棋会館の場所をご存知だったんですね？」

私はペンを受け取った。

「サイン、そこの窓に書いてもらっていいかい？『パパの車に《浪速の白雪姫》が乗ったんだぞ！』って教えてやったら、あいつきっと大喜びするから」

ガラスに字を書くのは初めてだったけど何とか綺麗に書くことができた。

字が震えなかったことで、自分がそれほど緊張していないことを知る。

「ありがとう！　試合……ええと、対局って言うんだったか？　頑張って！」

「はい。そちらもお仕事頑張ってください」

「今日はもう仕事は終わりさ。娘を最初にそこに乗せてやりたいから」

ふと気になって、私は車を降りる直前に尋ねた。

「娘さんのことは、いつも何て言って送り出してあげてるんです？」

「え？　あ、いや………プロ棋士の先生に、こんなこと言っていいのかわからないけど……

『いっぱい負けてこい』と」

「素敵な言葉ですね。きっとすぐに強くなりますよ」

いい運転手さんに当たった幸運に慰められつつ、私はプロになって初めて自分の足で将棋会館へと続く坂を歩いて行く。

一人ではなく、道を埋め尽くすほどの野次馬を従えて……。

連盟の前で待ち構えていた報道陣が一斉にカメラをこっちに向け、マイクを持ったリポーターが興奮した様子で喋(しゃべ)り始めた。

「白雪姫です!!　今、空銀子(ぎんこ)四段が到着しましたッ!!」

「以前より髪が伸びている模様です!!」

「願掛けでしょうか？」

「わかりませんが……一つだけわかることは、ますます美しくなってるということですッ！」

入口に到着すると、私は後ろを振り返る。

そして深々と頭を下げた。プロとしてそうすべきと思ったから。

「がんばってー!!」「負けるな白雪姫!」「やばいやばい! マジで目の前に空銀子がいるんだって!」「俺にもサインくれよサイン!!」

誰もがスマホを掲げるついでに応援の言葉を口にしていた。

名前も知らない運転手さんにもらった言葉だけを胸に、私は将棋会館へ足を踏み入れる。


一階の玄関ホールで男鹿さんが待っていた。

「おはようございます。本日は五階の『香雲』にて対局を行っていただきます」

「四階じゃないんですか?」

「中継の関係です。ご覧の通り報道陣が大挙して押し寄せているので、撮影しやすい部屋を確保させていただきました」

五階は宿泊室や中継作業室やスタジオ、それに女流棋士室といった部屋が大部分で、対局に使われることはそれほど多くない。

棋戦の格が高い竜王戦で使われるのも稀だろう。

「……と、いうのは表向きで。女流帝位の奇行が問題になっているんです。他の対局に影響が及ばないよう、一局だけ五階で行います」

エレベーターに乗り込んで二人きりになると、男鹿さんがそう耳打ちしてきた。

要するに隔離ね。

確かに祭神雷は問題行動が多い。その最たるは八一への付きまといだけど……あの小童に退治されてからは関西まで噂が届くようなことはなかった。

ただ、気になる点はある。

あの小童に負けた直後くらいから、もともとムラがあった将棋に、さらにムラが出るようになった。

――いや……あれはムラなんてものじゃない。ほとんど壊れてる将棋もあった……。

上昇するエレベーターの中で男鹿さんが言う。

「エレベーター横の五〇一号室は昨日から空四段が宿泊用に借りていることになっています。食事などはそちらでどうぞ。なお、隣室も使用中ですのでお間違えなく」

「助かります」

宿泊室にはベッドもある。持ち時間五時間の将棋は未体験。女流タイトル戦の三時間という持ち時間ですらずっと対局室にいるのは私の体力では厳しいから、一人で休める場所があるのは心強い。以前のように女流棋士室を使うのは憚られるから……。

五階に到着し、エレベーターのドアが開くと――

「お、おはようございます空先生ッ!!」

よく日焼けした制服姿の女の子がエレベーターホールに直立不動で待ち構えていて、私と目が合った瞬間に凄い勢いで喋り始めた。

「本日の記録係をさせていただきます登龍（のぼりりょう）二段です‼　空先生のデビュー戦が関東でやるって聞いて『やべえ絶対記録取りたい！』って思ったから幹事に毎日電話してゲットしましたそしてこれを一番お伝えしたかったんです四段昇段おめでとうございますっっっ‼」

「……ありがとうございます。登龍さんも、昇段おめでとうございます」

「ひぃ尊死（とうとし）」

悪い人じゃないんだけど、たまに何を言っているのか理解できない。

男鹿さんがやんわりと入室を促す。

「一般の報道陣は対局の十五分前に入室していただくようにしています。今のうちに準備をなさってください……おそらく報道陣が入ったら身動きが取れなくなりますから」

私は頷（うなず）いて、初めて入る香雲の襖（ふすま）に手をかける。

中に入ろうとする直前に男鹿さんから声を掛けられた。

「空四段、電子機器をお預かりします。それから、失礼ですが……」

「金属探知機ね。どうぞ」

もともと電源を切っていたスマホを渡すと、男鹿さんは一礼して作業を開始する。

ピピピ、と何かに反応した。

八一にもらった時計だ。

不意に、身体が熱くなった。

恋人にもらった腕時計を身に付けて神聖な対局室に入ることを、将棋の神様に咎められたような気がして……。

「腕時計だけですね。問題ございません、どうぞお進みください」

私は部屋の中に入った。

床の間に『日々是好日』の書が掛かっている香雲の間は、中継用のカメラや多数の報道陣を入れるために窓側の障子が外されており、かなり広い。

上座に目をやった瞬間――

『遅いんだよ。ニセモノ』

突然、遠くに仕舞っていた記憶が呼び起こされた。

「ッ…………!!」

祭神雷はまだ到着していない。

けど、その声は私の頭の中で鳴り響き続けていた。あの日から、ずっと。

ニセモノ。

相手の駒台に自分の駒を置くという前代未聞の反則をしたあの怪物は、そう言って……偽りの勝者を見下したのだった。

――けど……三段リーグで駒の利きが見えるようになった今の私なら……!!

対局通知を開いた瞬間、私は……歓喜していた。

これでようやくあの声を消すことができると。

――私は生まれ変わった。地球人から将棋星人に。今日、それを証明する。

「空先生？　何か追加でご用意するものはありますか？」

登龍さんに声を掛けられて、私は現実に引き戻された。

「えっ……と、関東だとお茶は自分で淹れるんでしたっけ？」

「そうですね。大きなヤカンに入ってるんで、それを汲む感じです。最初の一杯は私が淹れてお持ちすることもできますけど」

「ではお盆と、それから湯飲みとコップを一つずつお願いします。お茶を淹れて」

「かしこまりですっ!!」

嬉しそうに元気よく部屋を出て行く登龍さん。

その姿を見送ってから、手荷物を押し入れに収納し、座布団の感触を慎重に確かめ、私は上座に着いた。

そして最後に……ずっと腕に付けていた時計を初めて外して畳の上に置くと、目を閉じて気を高める。

報道陣が階段を上って来る地鳴りのような足音が、将棋会館を揺らし始めていた。

☗扇子

銀子ちゃんのデビュー戦が東京で行われる、その日。

俺は名古屋にいた。

「……おはよーございまーす。今日はよろしくお願いしまーす」

名古屋港にある超巨大なイベント会場に到着した俺は、あまりに巨大な会場の規模に気後れしつつ、関係者入口からコソッと中に入る。

「九頭竜先生、女連れでお入りでーす！」

「女性と一緒に控室にご案内してくださーい！」

ちょっとちょっとちょっとちょっとーッ‼

「この人は中継スタッフですから！　関係者ですからッ‼　さっき偶然駅で一緒になっただけですからッ‼」

慌てて否定すると、後ろを付いて来ていた美女が俺の腕を取って、

「せやせや。同じホテルに泊まっただけどすー」

「連盟から斡旋されたからですから！　別の部屋ですから当然！　ってかあんたその格好の時は標準語喋るんだろ⁉　キャラ崩壊してません⁉」

「そうでした」

狐が化けるように一瞬で口調と表情を変化させせると、鵠さんは恩着せがましく言う。

「けど、私だけですよ？　こんな裏番組みたいな対局の中継スタッフに手を挙げた記者は」

「裏番組て……確かに姉弟子の将棋が大人気なんでしょうけど……」

将棋ライターは今日、みんな東京に行ってる。

新聞、雑誌、ネットメディアといったあらゆる媒体から記事の依頼が殺到してるからだ。

それに女流タイトル保持者の供御飯さんなら、解説者としてテレビ局から引っ張りだこのはず。

「まあ、感謝はしてますよ。今日は中継よろしくお願いします」

「いえいえ。東海地方の将棋熱の盛り上がりを直に見ておきたいというのもありましたから」

「へ？　盛り上がり……？」

賞金王戦準決勝。東海大会。

一回戦の大阪大会、二回戦の東北大会と順調に勝ち上がっていった俺は、三度目の対局に臨むため昨日から名古屋入りしていた。

賞金王戦は『なにわ王将戦』もそうだったが、こども大会が一緒に行われる。

何でも派手&豪華が大好きな名古屋の人たちはこんな巨大な会場を借りて盛大にやってくれてるが……スカスカなんじゃないかと不安に駆られっぱなしだ。

しかしそんな不安は、会場の中を見たら吹っ飛んだ。

「うわッ‼　こ、こんなに広い会場が……超満員じゃないですか‼」

　いったい何千人いるんだろう？

　見渡す限りの小学生。その全員が将棋を指している。夢みたいな光景だ。

　しかも――

「……女の子、異様に多くないですか？　普通は男子九割・女子一割って感じなのに、男女が半々……いや！　女の子のほうが多いくらいだ……！」

「さすが竜王。女子小学生の数を瞬時にカウントできるスキルをお持ちとは」

　いやそんなスキルは持ってねーよ。

「ここ名古屋は、関東・関西以外に研修会がある唯一の都市。女流棋士を目指しやすい環境ですから、もともと女子の将棋熱は高かったのです」

「東海研修会には女の子が多いって聞いてはいましたけど……ここまでとは……」

「こんなに増えたのは最近のことですよ」

「ッ⁉　それって…………姉弟子の影響、ですよね？」

　鵠さんは微笑(ほほえ)んだ。肯定の合図だ。

「実は、指導する棋士の手が足りないから研修会を手伝って欲しいと声を掛けられていまして。どれくらい盛り上がっているのか見ておきたかったんです」

　想像以上でしたね……と、鵠さんは呟(つぶや)いた。

「この盛り上がりを受けて福岡と札幌でも研修会が開設されることになりました。仙台も準備を進めているそうですよ？」

「だ、大丈夫なんですか？　そんな一気に手を広げて……」

「スポンサーも確保したそうです。空四段が直々にお願いに上がったら、一発だったと」

「姉弟子が⁉︎　そんな仕事までしてるんですか？」

「名古屋でテレビ出演して、この大会もＰＲしたそうです。『途中下車するだけだから』って。おかげでこの大盛況ですよね」

よく見れば、女の子たちの髪には……俺が銀子ちゃんに贈ったのと同じような雪の結晶のアクセサリーが輝いている。

「みんな、空銀子になりたいんですよ」

「……」

「そして今日、その弟弟子と握手して帰りたいとも思っているでしょうね？」

口調こそ軽かったが、眼鏡の奥の目は真剣だった。

賞金王戦は、勝者が最後に来場者全員と握手するサービスを実施している。

「…………ヘタな将棋は見せられませんね」

確かに今日、俺の将棋は裏番組だ。

けれど……銀子ちゃんと一緒に戦っている。そう感じられて、身体が熱くなってきた。

女子小学生たちの放つ熱気に感応していると、案内してくれている係の人が歩きながら声を掛けてくる。

「九頭竜先生。お昼はどれがよろしいでしょう？」

「あ、いくつかメニューがあるんですか？」

「はい。こちらからお選びください」

差し出されたメニュー表には三品が記されていた。

『デラックス味噌(みそ)カツ弁当（赤出し付き）』

『味噌煮込みうどん』

『味噌カツサンド（サラダ付き）』

どれを選んでも……味噌……。

「じゃあ……この、味噌カツサンドで」

「はい。あ！　辛子(からし)マヨネーズは抜きにできますけど、いかがいたしましょう？」

味噌を抜けるか聞いて欲しかった。

今日の将棋は、喉(のど)が渇く戦いになりそうだぜ……様々な意味でな！

関係者控室に到着すると、テレビの前にプロ棋士や女流棋士が集まっていた。

「おはよーございま……あれ？　皆さん何を見てるんですか？」

「空四段のデビュー戦だよ」

一人だけ離れた場所からダルそうにテレビを見ていた若い男が言う。

関東所属のプロ棋士・二ツ塚未来四段だ。

先期の順位戦で当たったし、帝位戦第一局の記録係だったから、会えば挨拶くらいはする関係だ。AI全般に詳しい現役の東大生という顔も持つ。賢すぎて中卒の俺は近寄りがたい。

「二ツ塚先生。その節はどうも」

「…………」

鵠さんが挨拶すると、二ツ塚四段も無言で頭を下げた。

ちなみに本日の空銀子四段デビュー戦は、地上波完全生中継。賞金王戦は棋譜中継だけだってのに……。

「テレビ局が放送権料に、この一局で何億も連盟に払ったて噂や」

「来月から始まる女流玉座戦は名古屋も対局場になる予定やし。ありがたぁわ」

「どえらー人気やもん」

名古屋の棋士たちがテレビに映る銀子ちゃんを見ながら、そんな噂話をしている。今にも拝み出しそうな勢いだ。少子高齢化で将棋人口がどんどん減ってた地方にとって白雪姫ブームはまさに救いの神だろう。

そんな場所から距離を置いてダルそうにテレビを見てた二ツ塚四段が、ボソリと呟く。

「祭神が来ない」

「「え⁉」」

俺と鵠さんは同時に声を上げた。そして二人同時に時計を確認する。

「も、もうすぐ十時になりますよ⁉」

俺がそう叫ぶと、まるでそれに応えるかのようにテレビの中の銀子ちゃんが静かに言った。

『登龍さん。先に並べましょう』

『あ……は、はい！』

記録係に声を掛けて二人で盤に駒を並べ、そして振り駒も先に行ってしまう。

遅刻者が出そうな時はこういう対処をすることがあった。

『…………と金が五枚です』

超特急で振り駒まで行い、五枚の歩が畳に散らばった、まさにその瞬間だった。

場違いなほど明るい声が響いたのは。

『やった～！　こっち先手もーらいィ♡』

コンビニ袋を片手にブラ下げた、金髪の女子高生。

それが部屋の入口でケタケタ笑っている。

『さ、祭神おまっ……！』

ようやく現れたもう一人の対局者に、記録係が畳に散らばった駒を拾いながら叫ぶ。

『……っと、祭神…………先生。十時になっております。お急ぎください』

『あいあーい』

十時までに対局室に入ればセーフ……ではあるものの、これだけ注目される対局で時間ギリギリの入室は褒められたものじゃない。

雷は下座に腰を下ろすと、ガサガサ音を立てながらコンビニ袋から様々な物を取り出して、盤側（ばんそく）に並べていく。

スナック菓子。

リップクリーム。

目薬。

斧（おの）。

紙パックのジュース。

菓子パン。ウェットティッシュ。ハンドタオル。

………………ん？

「「斧ッ⁉」」

あまりのことに動揺した記録係が声を上ずらせて尋ねる。

『さ、祭神先生⁉　それは……』

『扇子』

違うだろ。

「あれ…………斧、ですよね？」

「斧だな」

俺の言葉に二ツ塚四段も即答した。冷静な口調だ。

それは確かに斧だった。

女子でも片手で持てるくらいの、小さな斧。映画とかで悪者が投げてくるようなやつだ。

報道陣もさすがにザワザワし始める。

『いいのか？　あれ……』

『金属探知機に引っかかって反則になるんじゃ……？』

『でも電子機器じゃないし……』

明らかに色めき立っているのがわかる。そりゃそうだ。大注目の空銀子プロデビュー戦。しかし一般のマスコミは、将棋をどう報道していいかわかってない。

そこに斧を携えた女子高生が宮本武蔵みたいに登場したのだ。面白がらないわけがない。

鵠さんが冷静に指摘した。

「わざわざ五階に隔離したんですから、男鹿さんがボディーチェックを怠るわけありません。

おもちゃでしょう」

　だとしても、そんなもん対局室に持ち込むなんて意味不明なのは変わらない。

「昔は新聞や雑誌を対局室に持ち込んで、午前中はそれを読んどったもんやけど……斧は初めて見るなぁ」

　高齢の棋士が呆(あき)れたような声を出す。誰も笑わない。笑えない……。

　銀子ちゃんの動揺を誘おうとしているのか？

　それとも……本当に頭がおかしくなったのか？

　そんな危険人物の最も近い場所にいる銀子ちゃんは、対局前に心を乱さないよう振り駒の瞬間からじっと瞑目(めいもく)し続けている。さすがだ。

　しかし目を開けて雷の顔を見た瞬間、思わずといった感じに声を発した。

『あなた、それ……』

『んぇ？』

　斧を扇子と同じように座布団の前に横に置き、自分も畳にへばりつくようにしながら斧の位置を繊細な手つきで整えていた雷は、銀子ちゃんに声を掛けられてにょきっと首を伸ばすと、

『ああ。こっち(いい)かぁ』

　雷は顔に手をやる。

　祭神雷の片方の目は…………眼帯で覆(おお)われていたのだ。

☖　税金

数年ぶりに盤を挟んだその女は、かなり変貌（へんぼう）していた。斧も眼帯もわけがわからない。

しかし変わらないところもある。

「イヒッ！」

ひどく早指しだというところだ。

振り駒で先手を引いた祭神雷は初手（しょて）で角道を開けた。記録係が対局開始を告げるのを待ちきれず、礼も交わさず盤上に手を伸ばして。

まるで野生動物だった。もちろん肉食の。

「…………よろしくお願いします」

私は一人で礼をして、一呼吸置いてから、いつもより深く顔を伏せて飛車先（ひしゃさき）の歩を突く。カメラのフラッシュが目に入らないように。

「それでは報道機関の皆さまはここで退去を――」

男鹿さんが言い終わる前に祭神雷はシュッと音を立てて飛車を横へ滑らせた。

わずか二手で明示したその戦型（せんけい）は――

「三間飛車（さんげんびしゃ）！」

「いい戦法なのか？」

「振り飛車って不利なんだろ？　じゃあ白雪姫の勝ちってこと？」

将棋を知らないマスコミは、なし崩し的に撮影を継続する。

男鹿さんは大きく咳払い（せきばらい）すると、低い声で宣言した。

「……報道機関の皆さまはご退去をお願いします」

有無を言わせぬその様子に、ようやく報道陣は部屋を出て行った。

ガランとした対局室。

普段なら静かなその空間を好む私だったけれど、今日は大勢の人が出て行く瞬間……堪（たま）らない心細さを覚えた。こんなことは初めてだ……。

祭神雷と盤を挟む。猛獣と二人きりで檻（おり）の中に放り込まれたような感覚。

これだけ広い部屋なのに、逆にもの凄い圧迫感がある。

──ああ……これが苦手意識ってやつなのね。

幼少時に刷り込まれたそれは、犬に育てられたライオンがどれだけ大きくなっても育ての親である犬に逆らえないように、私の身体を竦（すく）ませていた。

──勝つしかない。

私は淡々と駒組みを進める。祭神も、対局姿とは対照的に何の変哲もない三間飛車に組んでいく。角道を閉ざしたノーマル三間飛車に。

しかし変化は十五手目に待っていた。

「…………銀を上がった？」

普通なら守りに使うための左の銀を、祭神は攻撃に使おうとしていた。

――ここが一つ目の峠ってわけね……。

祭神の攻めを受けるために防御に回るか。

もしくは……こちらから急戦(きゅうせん)を仕掛けて攻め合うか。

『振り飛車に急戦で対抗する将棋ってのは、攻め倒すんじゃなくポイントを稼ぎながら戦うって感じになる』

頭の中に《捌(さば)きの巨匠(マエストロ)》の言葉が蘇(よみがえ)る。

『だから受けの力も必要になるわけさ。銀子ちゃんの棋風に合ってるとは思うが……それでも指しこなすには経験値が欠かせない』

自分にその経験値があるだろうか？

私は生石(おいし)先生と長くVS(ブイエス)をさせていただいた。

ただ……先生は三間飛車を指す際、必ず銀を6八に置いたまま戦った。居飛車(いびしゃ)が6筋から攻めるのを銀で受けるためだ。

祭神雷は、その銀を受けではなく攻めに使うつもりらしい。

――銀を繰り出すことで防御力は減る……けど、美濃囲(みのがこ)いはそれでも固い。厄介ね……。

先手玉はまだ中央に残ってる。

けど、既に右の銀も一つ上がって美濃囲いに組む準備をしていた。

——……私はもう、かつての空銀子じゃない。

祭神雷や他の将棋星人（プロ棋士）と同じように、駒の利きを読まずに摑む（つか）ことができる。そのぶん読みの速度は上がった。生物としてのグレードが向上した実感がある。

——それでも……ミスをしない保証は、ない。

そしてこの対局は絶対に負けられない。プロ棋士が女流棋士に負けることは、あってはならないから。

だから私は絶対を求めた。

「ふぅぅ————……………ンッ!!」

大きく息を吸って、私は三段リーグで椚創多（くぬぎそうた）と戦った時に感じたあの世界へと踏み込む。

——計算しろ！　どっちが速いかを……!!

序盤から時間と体力を大量に投入して、読む。

祭神雷の攻めが速いか。

それとも私が————穴熊（あなぐま）に潜るのが速いかを。

『組めるときは穴熊に組む』

万智（まち）さんに語った言葉通り、私はそれを実行した。

間に合う。そう結論づけたから。

祭神は相変わらずノータイムで手を出す。私が穴熊に潜るのを牽制（けんせい）するかのようにどんどん端歩（はしふ）を突いてくるけど、構わず私は香車を上がり、盤の隅に玉を滑り込ませる。

——穴熊に潜れた！　やった……！

自分の計算通りに局面は進んでいる。むしろ自分が考えているよりも手数を得している……これは上手（うま）くやったんじゃない？

——先手は随分とムダな手を指してる。私を甘く見てるの？

どちらにしろこちらは囲いが完成し、あちらは攻めも守りも中途半端（ちゅうとはんぱ）。随分と楽になった。

お茶を飲もうと湯飲みに手を伸ばしかけた、その時。

「……突かないんだぁ」

「ん？」

「5筋の歩を突かなかったね？」

俯（うつむ）いたままそう言う祭神に、私は……。

「…………省略できる手は省略する。それが現代将棋でしょ」

居飛車穴熊に組んだ安心感から、私はつい、祭神雷の言葉に答えていた。

答えて……しまった。

穴熊に組むことだけを考えていた私は、すっかり忘れてしまっていたのだ。昔、八一と一緒にたくさん読んだ絵本から得たはずの教訓を。

どんな昔話でも、童話でも。

バケモノの言葉に答えた瞬間――悲劇が始まるのだと。

「銀子ぉ」

そのバケモノは、長くて尖った舌で唇を潤しながら、私の名前を呼んだ。

「税金を払い忘れてるよぉ」

「税金？」

「そうさぁ」

這い上がるかのように盤に両手を掛け、顔をこっちに寄せると、祭神雷は蛇のように舌を出して囁いてくる。

「銀子はいっぱいいっぱい手に入れただろぉ？　だったら税金を払わないとダメさぁ。欲張りはダメなんだよぉ？　脱税したら罰を受けなきゃあ…………払わなかった税金よりもいっぱい払わなくっちゃぁいけなくなるのさぁ。いっぱいいっぱいいっぱいいっぱいいっぱいいっぱいいっぱいいっぱいいっぱいいっぱいいっぱいいっぱいいっぱいいっぱいいっぱいいっぱいいっぱいいっぱい……いイイイイイイイイイイイイイイイイイイイイイイイイイイイイイイつぱぁぁぁぁぁぁぁぁぁぁぁい」

税……金？

将棋用語で『税金』とは、その戦法を選ぶ上で必ず指さなければならない手のこと。

そして多くの場合それは端歩を意味する。確かに私は端歩を受けなかったけど――

「居飛車穴熊の税金は、５筋の歩」

動いていない私の真ん中の歩を指さして、祭神は言った。

「そして史上初の女性プロ棋士の名誉と、八一の恋人なんて裏山けしからん立場の税金は……………デビュー戦で女流棋士に負けるっていう、永久に残る刺青さぁ」

「ッ……⁉　どこでそれを——」

私が思わずそう口を滑らせた瞬間、

「…………………………………やっぱそうなんだ」

それまでの異様なハイテンションから一転。

地獄の底から響くような声で、バケモノが呟く。

「…………くっ‼」

私は口を閉じると同時に、玉の潜った穴熊の入口を銀で塞いだ。

祭神雷はノータイムで銀をさらにこっちに近づけてくる。盤を見ることすらせず。ただ私の顔を覗き込みながら。

蛇のように這い寄ってくる銀を振り払うため、私は飛車を浮いて横利きで牽制！

この手を指すために私は敢えて５筋の歩を突かなかったのだ。

——読み勝った‼

しかし。

その飛車浮きを見て、祭神はノータイムで――――文字通り人間には指せない手を指した。

「あはぁ」

祭神雷が右手を翻す。そして指した。

1七桂を。

自分の目が信じられなかった。

「桂を跳ねた⁉　……端に⁉　………端にッ⁉」

私は何度も桂馬の位置を確認した。

間違いない。端に向かって跳んでいた。間違いない……。

通常、端に飛ぶ桂は悪手とされる。

次に跳ねる場所が一つしかなくなり、選択肢を狭められるから。

いや！　そもそも美濃囲いにするなら、玉の背後に控える桂馬は、なくてはならない存在のはず……！

「その桂馬が、こんなに早く跳ねた………と、いうこと、は………？」

てっきり美濃囲いにすると思っていた。

ノーマル三間飛車で、銀をメインに攻めてくると思っていた。

その割には、あまりにも中途半端だと思った。だから私が読み勝ったのだと判断した。

けれど――

「玉を……囲わないの？　このまま戦う……？」

そんな可能性………一瞬も、読んでないよ………？

つまり最初から祭神は美濃囲いに組むつもりなんてこれっぽっちもなかったし、普通の三間飛車を指すつもりもなかった。

同じ将棋盤を見ていたのに。

同じ局面を見ていたのに。

——私と祭神雷とでは………全く違うものが見えていた……ッ⁉

愕然(がくぜん)とした。

は、早く考えを切り替えなくちゃ……！　でも祭神が何を狙(ねら)って、盤上でどんな絵を描こうとしているか、ぜんぜん見えてこない……。

「だったら‼」

私は穴熊の防御力をさらに高めるべく金をくっつける。トリッキーな相手の動きに撹乱(かくらん)されず、こちらはこちらの最初の主張を押し通せばいい。

相手はもう美濃囲いにすら組めない。

対してこちらは穴熊だ。攻撃では後れを取ったかもしれない……けど！

「手番が回って来たら逆に詰ます」

「あっげましぇぇぇぇぇぇぇん‼　っとぉ‼」

ノータイムでさらに桂馬を跳ねさせる祭神。

玉頭に向かって飛んできた桂馬はまさに『ブン投げた』という表現がピッタリだ。

祭神雷が放った斧が……風を切りながら迫る！

「感じたかぁ？　風」

扇子と言い張った、おもちゃの斧。それをこっちに突きつけるバケモノ。

「ッ………‼」

首筋にヒュルリと寒い風を感じ、私は思わず首に手を当ててしまう。まだそこに自分の頭が載っているか確かめるように……。

――手に持って戦うと思った武器が、まさか……まさか投擲用の武器だったなんてッ‼

動揺する心を抑え込みながら、強引な端攻めを何とか受け切るけど――

「あはぁ♡」

「ッ⁉　しまっ……‼」

玉頭への攻めが切れたと思ったのも束の間、今度は飛車を責められる。

気がつけば、中央は完全に制圧され。

さらに、先手の全ての攻め駒が……穴に潜る私の玉に照準を絞っている……！

「ケチらず5筋の歩を突いとけば、中央から銀を繰り出してこっちの攻めを受けられたのさぁ。脱税したせいで大変だねぇ？」

そこまで説明されてようやく私は祭神雷が盤上に描こうとしている絵を朧気ながらに摑み取る。

「居飛穴に組んで『勝った！』と思った瞬間に首を刎ねる、超攻撃的三間飛車さぁ」

祭神は斧を愛撫しながら、うっとりと語る。

「こっち、映画でこれをブン投げて戦うシーンを見て、三間飛車を見て、映画のシーンを見て、三間飛車を見て、面倒になって映画観ながら三間飛車を指したら、この戦法が完成してたんだよぉ」

何もかもが私の将棋観からは外れ過ぎてて何一つ共感できなかった。全てこの女の幻覚だと切り捨ててしまいたかった。

しかしこの戦法の優秀性だけは認めざるを得ない。

唸りを上げて跳んでくる桂馬と、超音速で飛んでくる角。祭神雷はこの二つを一つの言葉で表現する。

その戦法の名は――――『トマホーク』。

「……なるほど。いい名前ね」

穴熊に潜った玉と同じように、私はもうどこにも動けない。どれだけ恐ろしい相手も、どれだけ恐ろしい戦法も、受け切って勝つだけ。

不利と知りつつ飛車交換を受け容れる。堂々と、プロらしい手つきで。

「ところで祭神……さん」

今度は私が尋ねる番だった。

「あなたは強くなるために、どんな税金を払ったの？」

「こっち？」

祭神雷は驚いたように顔を上げると、

「こっちは、これさぁ」

眼帯を捲(めく)り上げる。

その下にあったのは――――

☗

人間以外

対局者用の個室で和服の着付けを終えた俺は、対局前の緊張をほぐすため、再び関係者控室へと舞い戻る。

そこでは二ツ塚四段が弁当を食べていた。一人で。

「あ………どうも」

俺が軽く頭を下げると、二ツ塚さんも無言で頭を下げる。

こども大会の決勝戦が行われているので、中継スタッフの鵠さんを含め関係者はほとんどステージに出払っていた。

代わりに指導対局は終了なので、こうして二ツ塚さんだけ休憩に入ってるんだろう。

「…………」

当てが外れた俺は無言でそのへんの椅子に腰を下ろした。

こっちも何か食えたら喋らなくてもいいから気楽なんだけど、もう和服になっちゃったから食事はできないし……でもすぐ出て行ったら感じ悪いし……。

沈黙に耐えきれず、手が自然とテレビのリモコンに伸びる。

電源を入れると――――放送事故の真っ最中だった。

「うおっ⁉」

画面に映る異様な光景に、思わず椅子ごとひっくり返りそうになる。

雷が眼帯に指を掛けて絶叫しているシーンが映し出されたのだ！

『こっち、いっぱいいっぱいいっぱいいっぱいいっぱいいっぱいモニター並べて、ずぅぅぅぅぅぅぅぅぅぅぅぅぅぅぅぅぅぅぅぅぅぅぅっとコンピューター同士の将棋を見てたら、目に盤面がこびりついちゃうようになったのさぁ。だから普通にしてる時は目を隠さないと、またやっちゃうんだよぉぉぉ』

雷は右手を銀子ちゃんの駒台に伸ばすと、首を一二〇度くらい曲げて、言った。

『お・て・つ・き☆』

テレビカメラが雷の眼球をアップで映す。

片方だけが小刻みに痙攣（けいれん）し、あらぬ方向を向いていた。

電子機器はスタッフに渡してるから対局の進行は追えてなかったんだが……現局面だけを見れば、雷の攻めが刺さってるように感じる。それは認めざるを得ないが……。

「あ、あいつ………なに言ってるんだ？」

俺はテレビに向かって思わずそう呟いていた。

すると意外なところから声が返ってくる。

「あんたでもそう思うんだな。九頭竜……さん」

「え？」

不意に話し掛けられて、俺はその人の顔を見る。

「どういうことです二ツ塚さん？」

「どうもこうも。俺から見たらあそこで斧持って将棋指してるのと九頭竜さんは、ご同類って感じだ」

「……はぁ？」

お、俺と雷が同類⁉　失礼なこと言うなこの人……。

それとも関東の若手には、俺と雷が昔付き合ってた的な噂話が流れてるんだろうか？　ネットだとそういうことになってるらしいし……まぁ銀子ちゃんとの関係を探られるよりはそっちのがマシという判断もあって敢えて俺がロリコンだという話と一緒に放置してるんだが。敢えてね！

「九頭竜さん。あんたどうやってソフト使ってる？」

「どうやってって……普通ですよ」

「普通ねぇ。あんたの言う普通とは？」

「普通に他の棋士がやってるみたいに、自分の指した将棋を分析させてどこが悪手だったかを調べたり？　対局はほとんどやりません。たまに指定局面から指してみたりもしますけど……あとは課題になってる局面をソフトに読ませて評価値や読み筋を見て、それを自分なりに体系化して――」

「それだよ。それが異常だ」

「は？　みんなこんな感じでしょ？」

「そうさ。プログラミングの知識が無い棋士は、そうやってソフトの指し手や読み筋から何かを摑もうとする。けどそんなもん存在しないいいいいんだよ」

「で、でも！　ソフトが採用する戦法を人間が取り入れて、それが優秀だって認められたこともいっぱいあるじゃないですか⁉　対振り飛車の囲いとか――」

「個々の計算結果が、ある特徴に収束することはありえる。そこは否定しないさ。俺が言ってるのはプロ棋士が参考にしてる局面数が少なすぎるっていうことだ。一つの研究テーマに対してせいぜい一千局面くらいの結果で『調べ尽くした』とか言うからな」

「……」

「俺はもともとプログラミングの勉強も大学でやってる。だからソフトの計算結果から何かを摑もうとしたら最低でも一万局面くらいはサンプルが必要だとわかる。その一万局面を統合（マージ）して、そこから何らかの特徴を摑む……俺は、あんたもそうやってるんだとばかり思ってたんだけどな？　あんた自身にプログラミングの知識がなくても、あんたの親しい人にはそれができるから」

二ツ塚さんが何を言ってるのかはすぐ理解できた。

確かに俺にはそのツテがある。将棋もそこそこ強くて、賢い大学でプログラミングも学んだ人間とのツテが。

しかしもう十年近く俺はその人物と将棋の話をしていない。色々あってそういう関係に落ち着いたんだ。

「俺たちプログラマーから見たら、あんたのやってることは祭神と大差ないんだ。そんな原始的な方法で何かを得られるわけがないんだよ」

煽（あお）るわけではなくただ淡々と事実を述べるように、二ツ塚未来四段は続ける。

「多くの棋士がこう言う。『ソフトを使ったら逆に弱くなった』『ソフトでの研究は自分に合ってない』。そりゃそうさ。使い方が間違ってる。そもそも人間が強くなるための学習用に開発されたソフトじゃないんだからな」

「…………」

その違和感は俺にもあった。

現行の将棋ソフトは、将棋ソフト同士の対局に勝つために作られている。さらに遡(さかのぼ)れば、そもそも人間に勝つために作られていたものだ。

勝つためであって、育てるためのものじゃない。

人間に置き換えてみれば理解しやすい。プロ棋士だってよくこう言う。

『プロは指導者には向いてない。自分がどうやって強くなったか憶えてないから』

今のソフトはプロ棋士と同じだ。

俺もこの事実を痛感しているからこそ弟子を取るかで迷ったし、取った後は自ら指導するよりも勝手に育つ環境を整えることに力を注(そそ)いだ。

JS研の設立や、あいと天衣(あい)をライバル関係にするといったように。

それ以外にしてやれることといったら、あとは——

「仮説を立てるとすれば、だ」

二ツ塚四段の声が俺の思考に割り込んだ。

「祭神はまるでディープラーニングするかのように、ソフト同士の対局で発生した膨大な局面を眺め続けた。それによって美意識とでも呼べるものを育んだ……」

「美？」

テレビに映る盤面を指さして俺は問う。

「あの極端すぎる戦型のどこに美を感じるってんですか？」

「美意識と表現するのが最も伝わりやすいんだ。祭神は理屈で局面を捉えようとしていない。あいつは思考ではなく視覚で全てを判断してる。もともとその傾向があったしな」

視覚？　視覚で判断だと？

否定しようと口を開きかけた時、記憶の中で供御飯さんがこう言った。

『名人だけは読まなくても手が見えるいう話、信じやすか？』

そう問われたとき……俺はどう答えた？

「さっき本人が言ってたろ。ソフトの指す将棋が目にこびりついてるって。ずっとソフトの将棋を見てたって」

まるでSFだったけど、大真面目に二ツ塚さんは言う。

いつのまにか熱を帯びた口調で。

「見るだけで局面の優劣を摑めるようになったし、そのキャンバスに何色を加えればもっと美しくなるかを瞬時に判断できる。だから祭神は時間を使わない。読んでないんだから」

「そんなバカな話が――」

「消費時間を見てみろよ」

二ツ塚さんは短くそう答えた。それが全てだと言わんばかりに。

☖空銀子　三時間三四分
☗祭神雷　〇時間〇二分

「ッ…………！」

雷の研究がそこまで行き届いているのだと思おうとした。

しかし局面はもう研究でどうこうなる部分を通り過ぎてしまっている。そもそもこの異様な戦型を研究でどうこうできるのかすらわからない。

ほ、本当に……？

本当に……祭神雷は見るだけで判断できるというのか……？

「一方あんたは、ソフトが示す手順を自分の中に取り込んだ。体系的な思考なんてあるはずがないのに、あたかもそれが存在するかのように錯覚して自分の中で何か異様な感覚を育て……普通なら妄想で終わるそれが、なぜか九頭竜八一だけはその方法で勝ち続けてる」

「…………」

「祭神とあんたのどっちがよりヤバいかって聞かれたら、俺は喜んであんたに一票入れるよ。《西の魔王》にな」

……自分がソフトに触れて強くなったのは、他人よりもソフトの使い方がちょっと上手いからとか……あとはバランス重視のソフトの棋風が自分に合ってたとか、その程度のことと思っていた。

けれど、もし。

もし二ツ塚さんが言う通り、俺が特別なのだとしたら？

名人や雷と同じように俺も、人とは違うものが将棋盤の中に見えているのだとしたら？

あいや銀子ちゃんと全く別の世界が見えているのだとしたら……？

「九頭竜先生。そろそろお時間です」

「あ………は、はいっ！　すぐ行きます‼」

係の人に呼ばれた俺は慌てて立ち上がると、袴の裾を絡げて対局場へと向かった。

今は全てを振り切って勝負に集中する。

──側にいられなくても……一緒に戦うことはできる！

それが棋士という生き方だ。

たとえ見えているものが違ったとしても、同じ生き方ができるのならそれで十分だろ！

「もし、そんなことが本当にできるなら──」

二ツ塚未来四段がダルそうに呟く声が、背後から聞こえてきた。

「あんたらは人間以外の何かだ」

☖　ヘンゼルとグレーテル

その対局を、余は愛弟子と観戦していた。

「どう見る？　ゴッドコルドレンよ」

「はっ……」

逞しく成長した弟子は、既に師よりも遥かに強くなった。

将棋が強いだけではない。棋士として必要なものを全て備えてくれた、余の理想だ。

ゆえに――

「先手が多少、有利かと」

「正直に申すがよい。余に気を遣う必要はない」

「…………」

弟子は黙した。苦しそうに。

銀子とは、若き竜王も交え幼い頃から共に学んだ仲。

たとえ本人を目の前にしていなくとも、彼女を苦しめるような言葉は口にしたくないのであろう。本当に優しい子だ……しかしそれは時に甘さとなる。

「申せ」

「現局面は既に先手の優勢。この差を後手が逆転するためには、何らかの僥倖を恃まねばならぬでしょう……もともと穴熊とはそのような戦型です」

「やはりそうか」

《次世代の名人》との呼び声も高い愛弟子の形勢判断であれば、まず間違いはあるまい。

この老いぼれには全く判断が付きかねる、異様な戦型だが……。

「そなたはあの魔物と同学年であったか？」

「いえ。女流帝位は《西の魔王》と同じ十八歳です。我が学年よりも二つ下であったかと」

「……驚いたな。そなたもう二十歳になったのか？」

愛弟子は困ったような表情を浮かべた。

「しかし俄には信じ難い光景です。歴代の三段リーグでも屈指の激戦を勝ち抜いた空四段が、女流棋士を相手にかくも無残な将棋を強いられるとは……」

「祭神雷は特別だ。あやつはもともと四時間の将棋で最も結果を出しているのだから」

「女流帝位戦……!!」

「そうだ。女流棋界最長の持ち時間を有するその棋戦で、祭神雷は無敵であった。他ならぬ余からそのタイトルを奪ったのだからな」

あの者との番勝負はまさに悪夢の如き時間だった。

ひたすら才能のみで殴り倒される屈辱と無力感。そして全く噛み合わぬ人格と将棋観。

当時から既に……人間と将棋を指しているとは思えなかった。

「し、しかしマスター！　空四段がタイトルを保持する女王戦も女流玉座戦も、持ち時間は三時間！　決して空四段が経験で劣るわけでは――」

「その女王戦の本戦で、銀子は負けたはずなのだ。本来ならば女王になっていたのは……銀子ではない」

あの一手が全ての運命を変えた。

「本物の女王は今、銀子の目の前で将棋を指している」

祭神雷は天才でありすぎた。

――一方、初めて盤を挟んだ空銀子は……鋼介さんから聞いていた通りの子供だった。

身体が弱く。

将棋の才能に乏しく。

負けん気が強く、甘えん坊で、師匠の愛情を無限に注がれたがゆえ人を疑うことを知らず、不器用な性格は将棋を通じてしか人間関係を形成できず、だから将棋から離れられず……そして人目を惹く容姿をしていた。

赤子の手を捻るよりも簡単に、余は憐れなその子供を誑かすことができた。

――同じことを何十回と繰り返してきたのだからな。

見込みのある少女に声を掛け、ご褒美を与えて城に招く。微笑みを浮かべながら『そなたは特別だ』と囁いて……地獄へと放り込む。

銀子はその犠牲者の一人に過ぎなかった。才能があったのではなく、従順な努力家であったがゆえに、余はあの子に近づいた。

――脆くて美しいあの子を、余は理想の棋士へと育てた。誰もが憧れる白雪姫へと。

そして銀子は史上初の女性プロ棋士となった。

凡庸な努力家ゆえ、本人の才能と肉体の限界を超えて。

だが、プロ棋士に勝ってタイトルを獲る女が現れるとしたら、それは――――

「マスター。お電話です」

弟子が捧げ持つ受話器を耳に当てると、もう一人の悪魔が囁いてくる。

『ご相談すべきことがあります』

「奇遇ですね。余もそちらへ伺おうと考えておりました」

短いやり取りを終えて受話器を置く。

あの子にはこれから、敗北などよりも遙かに辛く困難な選択を迫ることとなろう……本人はもちろん、若き竜王からも恨まれるに違いない。

「……余は、地獄へ堕ちるのであろうな」

「お供いたします。どこまでも」

師が摑まるための腕を差し出しつつ即座にそう言った愛弟子を見上げながら、余は己（おのれ）の業（ごう）の深さに戦（おのの）きつつ……微笑みを浮かべた。

——この子も、そしてこの子の妹すら、余は……。

やはり自分は地獄に堕ちてしかるべきだと思った。もちろん一人で。

☗ プロ

消費時間が二時間を超えた辺りから、離席する回数が増えた。

「はぁ…………はぁ…………はぁぁ——————…………」

三時間を超えるともう、座っていることすら困難なほど激しい目眩（めまい）に襲われた。

宿泊室のベッドに横たわり、私は荒い息を整える。

「ふぅぅ——————…………」

三段リーグは持ち時間が一時間半だった。あの頃はすぐに時間が足らなくなって、二倍でも三倍でも足らないなんて思ってたけど……。

「……持ち時間がたくさんあれば休めるから楽だなんて……甘い考えだったな…………」

盤を睨み続けていた目は霞（かす）み、緊張を強いられて乳酸が溜（た）まりきった筋肉はダルさを超えて激しい痛みを与えてくる。

奨励会で記録係をしている頃はよく、ベテラン棋士がどうということのない局面で時間を使って唸ってるのを心の中でバカにしていたことがあった。

深夜に入って疲れ切った棋士が、集中を欠いてとんでもない悪手を指し、将棋をブチ壊すのを何度も目にしてきた。その度に哀しくなった。

——どうしてこんなに弱いんだろう？

この人たちを引退させて、三段をプロにしたほうが絶対にいい棋譜が残るのにと……何も知らない小娘は、生意気にもそう思ってた。

「ははっ。バチが当たったかな？　ごめんね師匠…………」

こうして将棋盤から離れても。他のことを考えようとしても。

それでも脳は動き続ける。制御不能なほどに熱を発しつつ……。

「…………眼帯なんて、虚仮威しかと思ったけど……」

今になってようやく自分の準備不足を痛感していた。私よりも見えてしまう祭神雷はあの眼帯で疲労も緩和しているんだろう。一方、将棋星人になれたことで有頂天になった私は、その力を制御することなどこれっぽっちも考えてなくて……。

認めざるを得ない。プロの持ち時間で戦う準備も覚悟も、私の方が劣っていることを。

「……………熱い……」

冷えたペットボトルを瞼に当てながら、脳内の将棋盤をひっくり返して先手側から局面を眺めてみる。目の前に本物の盤があるとやりづらいから、それもあって離席を繰り返していた。

形勢は、おそらく自分が悪い。

ただ……こうやって先手を持ってみても、全く手が見えない。

伝統的な絵画の世界に突如として前衛芸術を持ち込まれたような戸惑いの中で、私は足搔(あが)いていた。

「あいつ…………ここからどう手を作るつもりなの……？」

急に筆を渡されても、ここからどんな絵の具を使ってどんなものを描けばいいのか、私には何一つ思い浮かべることができない。

「…………これが、才能……」

あの端への桂跳ねを見て打ちのめされなかったと言えば、それはただの強がりになる。

けれど、将棋は芸術じゃなく、勝負だ。

どちらが優れているかは手を進めていくうえではっきりしていく。勝敗という、誰にでもわかる形で。正確な形勢判断ができない以上、最初に立てた方針を貫くべきだろう。

私の囲いは……実戦で最強とされる、穴熊なのだから。

「このまま受け潰す。プロらしく堂々と」

覚悟を決めると、私は温(ぬる)くなったペットボトルの水を飲もうとフタに手をかける。

しかし――

「んッ！　んッ!!　…………………嘘（うそ）でしょ……？」

何度やってもフタは動かない。

右手に全く力が入らない……。

「はは………どこまで非力なのよ……」

水を飲むのを諦めてペットボトルを部屋に残したまま、私は衣服の乱れを直すと、猛獣の待つ檻（おり）へと戻る。

「おっかえりぃ♡」

座布団を枕（まくら）にして畳に寝転がっていた祭神雷はそう言って私を出迎えると、コンビニ袋からスナック菓子を取り出して口に放り込む。

「銀子、ぜんぜん指してくんないからさぁ。こっち持って来たお菓子食べ終わりそうだよぉ。退屈だよぉ退屈退屈退屈退屈退屈」

異様に長い舌でぺろぺろと指を舐（な）めればそれで着手（ちゃくしゅ）の準備は整ったということらしい。

備え付けられたテレビカメラはもちろん、記録係の登龍二段が冷え切った目で見下ろしてるけど、まるで気にした様子はない。

そんな登龍さんに、私は着座してから声を掛ける。

「棋譜を見せていただいても？」

「はい。どうぞ」

「それから……すみません。水を買ってきていただけませんか？」

「え？」

一瞬、登龍さんは不思議そうな表情を浮かべた。

けれどすぐに笑顔になって、

「ええ。はい。もちろんです」

相手が頷くのを確認してから、私は用意していた小銭を手渡そうとする。

「あっ」

──しまった！　手の震えが残ってて……。

登龍さんは畳に転がった小銭を慌てて掻き集める。

「失礼しました！　先生、自分が拾いますからっ！」

そしてパタパタと高い足音を立てながら、転がるように対局室を出て行った。

「…………」

申し訳なさは心の中で押し殺し、私は盤面を確認する。

方針は防御。それは決まってる。

──玉頭に迫った香車を取る１四歩か……もしくは角を引いて自陣を固める３三角か……。

その二つを検討していると、

「奨励会員ってさぁ」

寝転がったまま祭神は言った。

「何であんな鈍臭いんだろうね？」

その言葉で一瞬、頭の中から将棋が飛ぶ。

「こっち、奨励会に入ってもいいかなーって思ったことあったけど、入んなくて正解だったよぉ。なーんか将棋がジメジメしてるっていうか……退屈じゃん？　パソコンくんのほうが面白い将棋いっぱい指してくれるし、もういっかなーって」

「…………」

「修業？　とか丸め込まれて他人の棋譜いっぱい取らされてさぁ。んなことしてる時間があるんだったら自分の将棋指せよって思うしぃー。つーかべつにこっち、プロなら誰でも将棋指したいってわけでもないわけだしさぁ。やっぱこっち、一番指したいのは、八ぃ――」

「祭神」

「あ？」

「黙れ」

ビッ！　シイイイイイ――――――ッッッ!!

神聖な駒音で雑音の全てを浄化する。

記録係が戻る前に指すなんて異例中の異例だし、迷惑も掛けてしまうけど……これ以上こいつの妄言を聞いていたくなかった。何より、修行中の登龍さんに聞かせたくなかった。

だからね？　指してやったの。

下らないお喋りなんかより夢中になれる手を。

私が指したのは——敵陣に飛車を打ち込んで角桂両取りを掛ける、最強の一手‼

守るどころかゴリゴリの攻めだ。

「イヒッ‼」

祭神はガバッと身を起こすと、

「いいよいいよ銀子ォ！　そうこなくっちゃぁぁぁぁ‼」

まるで餌を見つけた肉食獣のように、ネイルでゴテゴテに飾り立てられた爪で駒台から大駒を摘み上げる。

「強くなったんだろぉ⁉　プロになったんだろぉ⁉　地獄の三段リーグを抜けた初めての女なんだろぉ⁉　じゃあ強いトコ見せてくれよぉぉぉぉ‼」

私が飛車を打ち込んだ、そのすぐ後ろ。

そこを目掛けて、祭神雷も飛車を打ち込む！

「ッ⁉　手拍子……！」

こちらの角取りを受ける妙手のようにも見えた、けど。

「緩いッ‼」

ひらりと一マス横へ動かし、私は飛車を裏返す。

竜王。

それができたことで、この局面が一気に有利になるわけじゃない。

――でも……！　でもッ……‼

その駒を見るだけで、突き刺すような全身の痛みが、心地よい炎に変わっていく。

霞んでいた視界がクリアーになる。

「これから突撃しまーす！」

わけのわからない宣言をすると、祭神は成ったばかりの私の竜を放置してノータイムの猛攻を開始。

しかし駒台にあった飛車を受けに使ってしまったことで、先手の攻めは迫力を欠いていた。

序盤の構想は、人類を超えてる。

けど！

――こいつ、以前より………終盤の精度が落ちてる⁉

「チィイイッ！　穴熊うぜぇえええええええええええ‼」

攻めが不発に終わった祭神は、再び私の竜を責める。

その竜を逃がしがてら私は桂馬を取って駒を補充し、祭神はさっき打ち込んだ飛車を私の陣地へ突入させた。痛み分けだが――

「ひひッ！　こっちもドラゴンゲットだぜぇ!!」

私たちは互いに最強の駒を手にした。

竜王。

そしてどちらがその駒を扱うのに相応しいか、勝負する。

どっちが竜王戦を勝ち進むのに相応しいかを。どっちが……八一と戦う資格があるかを！

「おッかわりィ!!」

竜を得た祭神は角を切って再び穴熊を攻略に掛かった。

守りの金銀が瞬く間に剝がされていく。囲いが崩壊する。

しかし今回の攻めも、私は不思議と恐怖を感じなかった。盤の隅にポツンと残された玉は、生命力に満ち溢れている。

――創多や鏡洲さんならもっと確実に寄せてきたはず。

確信した。祭神雷の終盤は確実に衰えている。

もしくは――

「私が強くなったかな？」

「ッ………ぎィ」

苛立った様子で斧を噛む祭神。

思い出すのは、八一の弟子――雛鶴(ひなつる)あいがこの化け物と指した、マイナビ女子オープンでの将棋だった。

祭神はダイレクト向かい飛車から圧倒的な優勢を築きつつも、あの小童が破れかぶれのノータイム指しに出てからは受け間違えて敗れている。

だから、私は。

「………………こう…………」

残された持ち時間の全てを投じ――――将棋星人たちの棲(す)む星へと思考を飛ばす。

詰将棋(つめしょうぎ)という、最後の鍵を携えて。

「…………こう…………こう…………こう…………」

――一瞬でいい！　一手だけでいい!!

またあの世界へ行こうと足掻く……けど、熱と乾きで意識が朦朧(もうろう)として、どうしてもあの駒とダイレクトに繋がっている感覚を摑めない……！

「空先生。残り五分です」

「っ!?　あ………は、はい！」

ふと、盤側を見ると。

戻って来ていた登龍さんが買ってくれたペットボトルが、お盆の上に置いてあった。

「ッ……」

一瞬、開けられなかったフタのことを思い出し、手を伸ばすことを躊躇する。

けどそれは杞憂だった。

登龍さんが買ってきてくれたペットボトルは、もうフタが開けてあったのだ。

「空先生、これより一分将棋です」

「はい‼」

そしらぬ顔で秒読みを開始する奨励会員に、私は心の中でお礼を言った。

──ありがとう。必ず勝つわ。

そして奨励会を貶した祭神に、そのツケを払わせる。

「んっ……んっ…………ッはぁ‼　ふぅ──……」

ペットボトルに直接口を付けて一気に中身を飲み干すと、私は残された一分で将棋の星へと飛翔する！

「こう、こう、こう…………こうこうこうこうこうこうこうこうこうこうこうこうこうこおおおおおおおおおおおおおおおおおおおおおおおおおおおおおおッッ‼」

そして答えを得た。あの小童ならどんな手を指すかを。

──盤面を広く使う！　つまり…………角ッ‼

敵陣の隅。

私の玉から最も遠い場所に角を打ち込む！

「こうッ!!」

「………あァ？」

この角打ちの意味を理解できない祭神は、構わず三度目の突撃を仕掛けてくる。やはり終盤に隙があった。

「来なさい」

私は角を引いて馬を作ると、こんな時にピッタリの台詞を口にした。

「踊ってあげる」

祭神は構わず銀を打って攻めを繋げようとし、私も馬の後ろに銀を打って受ける。

銀を打ち、銀で取り、また銀を打ち、それを銀で取る――――銀色の輪舞。

「「千日手ッ……!!」」

祭神雷と私は同時に叫んでいた。しかしその声色は真逆。

それが実現すれば、私は有利な先手を得て。

そのうえで――――奇襲によってメッチャメチャにされたデビュー戦をやり直せる！

「だぁぁぁぁぁめぇぇぇぇぇぇだぁぁぁぁぁぁろぉぉぉぉぉぉそれわあああああああああああああああああああああああああああああああああああッッッ!!!」

苦し紛れに手を変える祭神。

ダイレクトに玉を攻めようと歩を打って詰めろを掛けてくるが――

「遅い」

王手ではないその手は、先手の攻めが切れたことを意味していた。

――届く。

誕生日の夜に、将棋の神様が見せてくれたあの夢が、目の前に広がっていた。

どこかの旅館の、広い和室。

私と八一は美しい着物を纏って、二人だけのその空間で……将棋を指す。

その着物の柄は、幼い頃、師匠のタイトル戦をテレビで観てから、二人で一緒に布団の中で画用紙に描いたもので――

『わたしたちも、きもの着ようね。ぜったい着ようね！』

あれから二人とも和服は何度も着たけれど。

――でもまだ、あのときに描いた着物は……。

私はその夢を現実のものにするため、駒台に手を伸ばし、逆転へと繋がる一手を放つ！

「さんじゅうびょう――――」

え？

……どうして？　登龍さん？

「よんじゅうびょう――――」

もう指したのに、どうして秒を読み続けてるの？

私は盤面を確認して……それから、駒台も見る。

摑んだはずの駒が、摑めていなかった。

「あ」

握力が死んでいた。

それから、全身を突き刺すような痛みが襲い掛かってきた。痛い痛い痛い痛い。

叫びそうになるのを必死に我慢する。

五時間という持ち時間が、最後の最後で、私の身体を破壊していた。

――こんな状態で将棋を指すの？　一分将棋を？

無理に決まってる。

でもこのまま何もしなければ時間切れで負けになる。あと十五秒で私は反則負けという、プロにあるまじき負け方をする。

――それだけは……それだけはッ!!

デビュー戦での勝利も。

二人で描いた夢も。

その全てが、駒と一緒に、私の手からこぼれ落ちていく。

「ごじゅうびょう――――いち、に、さん、し、ご――――」

「同ッ!!」

秒読みの場合、着手は声だけでも認められる。

「ろく、なな、はち、きゅ――――」

「桂」

だから。

私はギリギリで選んだ。

プロとして――――美しく斬られる、投了図を。

次の瞬間、目の前の魔物が光の速さで盤に手を伸ばす。

《捌きのイカヅチ》――――祭神雷。

光のように速く。

そして稲妻のように鋭く。

才能という名の斧は、一直線に私の頭上へと振り下ろされる。

「そういえばこっち、まだ四段昇段(プロ入り)のプレゼントを渡してなかったさぁ」

眼帯に覆われていないほうの目で私を見詰めながら、

「おめでとう銀子ちゅわん」

そんな言葉と共に、祭神雷は私の玉の真隣に銀を打ち込んだ。

必至。

何をしようが必ず死に至る局面。

——あいつ(雛鶴あい)なら……もっと上手に、やれたのかな……？

王手ラッシュを仕掛ければ、まだ手数を伸ばすことはできる。

小学生の頃なら……アマチュアの立場だったら、きっとそうしただろう。最後の最後まで希望を捨てずに戦い続けたに違いない。画用紙に、無邪気に和服の絵を描いていた、あの頃(ころ)だったら……。

けれど私は、アマチュアでも小学生でもなくて。

それどころかもう…………駒を持つことすら、できなくて……。

だから私はプロ棋士として、最後の務めを果たす。

「負けました」

迄(まで)、一〇三手をもって空銀子四段の投了。

消費時間――

空銀子　四時間五九分。

祭神雷　　　八分。

☖　決断

終局するとすぐに報道陣が入室してきた。

私の形勢はずっと悪かったから、投了するのを部屋の外で待ち構えていたんだろう。折り重なるようにして雪崩れ込みつつ、マイクを向けてくる。

「空四段！　敗因は何ですか⁉」「無敗の《浪速の白雪姫》が、どうして女流棋士に負けたんです⁉」「油断があったんじゃないんですか⁉」

本来ならば主催新聞社の記者が勝者に対して先に質問するのが決まり。男鹿さんが事前にその説明を怠っているわけがない。

けれど報道陣は易々とそのルールを踏みにじり、私に敗戦の弁を求める。

覚悟していたことだ。

そのために対局中から気持ちを整理していたから、言葉はすぐに口から出た。

「敗因は、私が弱かったからです。未知の戦型に対応できませんでした」

主催社新聞社の記者が仕方なく次の質問を口にする。

「……デビュー戦は黒星となり、これで竜王戦は昇級者決定戦に回ることになりました。竜王への挑戦権を争う立場からは外れ、姉弟対決はしばらくお預けとなりますが……そのことについてはいかがでしょう？」

「九頭竜先生とは全く立場が違います。あちらは二冠、こちらは新四段ですから。盤を挟むなんて軽々しく口にはできません」

疲労のため朦朧とする意識を鼓舞し、プロとしてのプライドを示すため、はっきりとした声で私は敗北を認めた。

「また一から勉強して、出直します」

「では……勝たれた祭神女流帝位。本日の勝因は──」

「将棋を指したい人がいるんですぅ」

場違いなほど大きな声でそいつは言った。

「その人は、こっちがどれだけ追いかけてもすぐに逃げちゃうんです。どれだけどれだけどれだけどれだけどれだけどれだけどれだけどぉぉぉぉおれぇぇぇぇぇぇぇだぁぁぁぁぁぁけ！追いかけても」

勝者の──祭神雷の目は、もう私を見ていない。

いや。

最初からこいつの目には、私のことなんて映ってなかった。

こいつの目に映ってるのは──

「でも公式戦なら逃げられないって気付いたから、こっち、このまま勝ち上がってその人と将棋を指しまぁす。だ・か・ら‼」

その化け物はカメラに向かって満面の笑みでこう言った。

「タイトル持ったまま待っててよね。やぁいちぃ♡」

賞金やプライドだけじゃない。

私が欲しかった勝ち星も。

私が言いたかった言葉も。

全て奪って、祭神雷は階段を上って行った。

——ああ……そうか。

女流棋士との戦いを終えて初めて背中から写真を撮られながら私はようやく理解していた。

これが負けるってことなんだと。

感想戦は行われなかった。やるところがないから。

私は早く一人になりたくて男鹿さんが確保してくれていた宿泊室へと戻る。対局中も何回か横になったベッドで身体を休めたい。

けれど無人のはずの部屋には灯りが点いていて……そこには予想もしなかった人物の姿があった。

「桂香さん!? どうして——」

「どうしてここにいるのかって? 隣の部屋にずっといたからよ。銀子ちゃんが何でも一人でやりたいって言うから、コッソリ隠れてたの。もし何かあったらすぐに助けてあげられるように」

ベッドに腰掛けていた桂香さんは、まるで小さな子供に言い聞かせるかのように、ゆっくりと語り続ける。

「言っておくけどこれが初めてじゃないわよ？　銀子ちゃんが奨励会で対局がある時は、会長が常に部屋を確保してくれてた。明石先生も近くで待機してたし、お父さんも何かと用事を見つけて銀子ちゃんの近くにいたわ」

「………知ってるよ。それは」

師匠のことは、奨励会幹事の中二から聞いた。

「で？　ずっと隠れてたのに、どうして今になって出てきたの？　負けた私を慰めるため？」

「わかってるでしょ？」

「…………デビュー戦で女流棋士に負けたからって、それが何？　今まで無敗だったのは運が良かったからでしかないことくらい私が一番よくわかってる。これで将棋以外の仕事は激減するだろうし、その時間を勉強に使えば――」

「無理よ」

即答だった。

「今の銀子ちゃんが順位戦をまともに戦えるわけがない。全敗どころか途中から不戦敗になるのが目に見えてる」

「そんなのやってみなくちゃ――――」

「わかるの。五時間の竜王戦で、しかも相手がたった八分しか使わなかった対局ですらボロボロだったのに六時間の順位戦なんて指したら、あなた本当に死ぬわよ？」

「今日の将棋は相手の研究に嵌められただけ。もっとしっかり準備して臨めば負けない」

「無理よ。だって――――」

そして桂香さんは暴いた。私が必死に隠し続けていた秘密を。

「だって銀子ちゃん、もう四ヶ月以上もまともに将棋を指せてないでしょ？」

そう言った桂香さんの手には、私が蓋を開けられなくて諦めたペットボトルが握られていて。

「…………」

俯いて黙り込む私に、桂香さんは重ねて尋ねる。

「いつから？　三段リーグの終盤は、もう指せない状態だったんじゃない？　家でずっと寝てたって聞いたわよ？」

「………………」

「教えて銀子ちゃん。いつからなの？」

「………もともと、将棋を指してて苦しくなる時はあった……」

そう。それはずっと私に付いて回っていた。

いつの頃からか、私にとってはそれが当たり前だった。

「身体が熱くなって、だるさや目眩がして………でもそれは、心臓の病気が治ってないからだって思ってた……」

「心臓は治ってる。明石先生が保証してくれたでしょ？　東京の病院でもしっかり検査したから間違いないわ」

桂香さんは私の目を真っ直ぐに見ながら言う。

嘘を吐いてる目じゃない……。

「お母さんにお話をうかがったわ。男鹿さんにカマをかけたら月光会長が出てきたから、銀子ちゃんの体調が心臓とは別の理由で悪いことにようやく気付いたの。迂闊ね……一番近くで見てたはずの私が真っ先に気付かなくちゃいけなかったのに……！」

それは無理だよ桂香さん。

だって私も必死に隠そうとしてたんだから。

「聖市お兄さん、後悔してた。本当なら四段になった時点で休ませるべきだったたって。でも自分もプロ棋士だから、一局も指さずに他人から限界と決めつけられても反発するだけだって。だからせめて、デビュー戦だけは指させてあげようって——」

「指すよ。これからも指す。だって私はプロ棋士になったんだもん‼」

そう小さく叫んだ私を、桂香さんは抱き締めた。

子供の頃、駄々をこねる私によくそうしたように。

「銀子ちゃん……焦らないで。ちゃんと休養を取って治療すれば絶対に治るわよ。心臓みたいに何ともなくなるから――」

「………治ってないよ……」

自分の胸を掻き毟りながら、私は叫ぶ。

「こんなの全然治ってないじゃない！　私の身体はポンコツのままだって……絶対に治らないって、どうして教えてくれなかったの⁉」

「そっか………知っちゃったのね。あのこと、も……」

きっかけは、東京の病院に入院したこと。

その病院を紹介してくれた月光会長は、怪我の治療だけではなく、時間があるうちに身体の隅々まで調べることを提案してくれた。私がこの先もプロでやっていくために。

ずっと大阪の病院で明石先生にだけ看てもらっていた私は、そのとき初めて、他の医師から自分の持病について説明を受けた。

明石先生を信用していなかったわけじゃない。けど……治ったと説明されても、体調は一向に良くならない。私は焦っていた。将棋を指せない原因を探したかった……。

結論から言えば、将棋を指せない原因は心臓じゃなかった。

明石先生は私に嘘をついてはいなかったのだ。

けど……全てを伝えてくれてもいなかった。何よりも残酷な真実を。

「どうしてよ⁉　どうしてみんな教えてくれなかったの⁉　師匠も知ってるからあんなこと言ったんでしょ⁉　私だって知ってたら——」

「知ってたら止められた？　その気持ちを」

「っ……」

止められたかって？

無理だよそんなの……無理に決まってる……。

「……せっかく……」

対局室では堪(こら)えていた感情が、涙腺を伝って溢れ出す。

悔しさと、情けなさと、それから胸を焼くほどの愛(いと)しさがぐちゃぐちゃになって……ぼろぼろと涙を流しながら、私は嗚咽(おえつ)した。

「せっかく……あいつが好きだって言ってくれたのに……」

涙と共に、掴みかけていた全てが、掌(てのひら)からこぼれ落ちていく。

「あいつ、バカだから……今からもう……結婚の話とか、しちゃってさ……おかしいでしょ？　私なんて……まだ……十六歳になったばっか……なのに……」

「か、家族みんなでリーグ戦したいから……子供は偶数ほしいとか、言っちゃってさ……ははは……おかしいでしょ？　あいつ何にも知らないから…………ははは……」

このことを知ったら、あいつは何て言うだろう？

たぶんそれでも私と結婚したいって言う。あいつはバカだから……自分が夢見ている底抜けに幸せな未来を捨てて……。

「でも、私もバカよね？『結婚式は髪を伸ばした銀子ちゃんが見てみたい』って言われて……浮かれてこうやって髪を伸ばしちゃうんだから――――」

「銀子ちゃん!!」

私の言葉を桂香さんは遮った。

「銀子ちゃん。もういいの。もうそれ以上は何も言わなくていい」

首元に温かい水滴が落ちる。

私をぎゅっと抱き締めたまま、桂香さんは泣いていた。

「あなたが八一くんのお嫁さんになりたいなら、もう止めない。師匠の言いつけなんて無視して、二人の好きにしたらいい。このままやれるところまでやればいい。私はね？　それでもいいと思ってる。それが一番、幸せなんじゃないかって。あなたたち二人だけじゃなく………私や、他の人たちにとっても……」

「銀子ちゃん……」

「けい……か……さん……」

短い時間の将棋なら研究で勝てるかもしれない。

そうやっていずれプロの世界でも何勝かはできるだろう。

けれど順位戦で勝てなければプロとしてはやっていけない。

六時間の将棋は、私が今まで指してきた将棋とは全く次元が違う。序盤は何とか乗り切っても中終盤でボロボロになる。盤の前に座っていることすら難しいこんな状態で勝てるわけがないことは、冷静に考えればわかる。

そうやって負け続ければ三年後はフリークラスに落ちて、いずれ引退することになる。スタートラインから一歩も前に進むことなく。

「でももし、あなたが別の未来を求めるなら」

桂香さんは囁く。

「あなたがこれからも上を目指して戦い続けるつもりなら、選択の余地は無い。師匠も、会長も、女流棋士会長の釈迦堂(しゃかんど)先生もこの選択を了承してる。あとは銀子ちゃんが決断するだけよ」

目を閉じてみた。

私と八一がみんなに祝福されて、幸せな結婚をする姿を思い浮かべる。タイトル戦に忙しい八一のために私は家事をして、そしてたまに自分の対局をする。負けるために。

桂香さんの言う通り、それが一番、幸せかもしれない。

でも。

「…………今日、あいつどうだった？」

「勝ったわ」

「そっか……」

それを聞いた時、私は喜ぶことができなかった。

焦りと、嫉妬と。

祭神雷に負けたことよりも……八一が勝って私が負けたというその事実が、このボロボロの身体と心に新たな闘志を与えてくれた。

その瞬間に悟る。

私が一番、したいのは――

「わかった」

私は、桂香さんの提案を受け容れた。

それから一晩かけて、その決断を自分の言葉で伝えるための文章を書いた。

一つは、プロ棋士として、世間へ公表するために。

そしてもう一つは……たった一人のために。

けれど片方のメッセージを送れないまま、その日を迎えた。

第五譜
夜叉神天衣

☗ 籍

その日は珍しく穏やかな一日になるはずだった。

「ふんふ～ん♪　ふふふふ～～～ん♪」

思わず鼻歌など飛び出してしまう。

十一月にしては珍しくぽかぽかと暖かいこと。

前日の研究が上手く進んだこと。

賞金王戦で勝ち進み、竜王戦の第一局でも充実した将棋が指せたこと。

それら全てが好循環を生み、タイトル戦の最中で忙しいはずなのに普段よりも気力が漲っている。

しかし何より俺の心をぴょんぴょんさせてるのは……シャルちゃんからの『研修会に入りたいから師匠になって欲しい』というお願いのお電話だった。

録音してあるやり取りを再生しながら、俺はあの時の気持ちを反芻する。

『しゃうね？　ちちょにね？　ちちょになってほてぃーんだよー』

『そうか……しかし本当に師匠と弟子になるんだったら、もうその絆は二度と切れないんだよ？　恋人や夫婦は別れることがあっても、師弟愛は永遠なのだから……。シャルちゃんは俺と永遠の愛を誓うかい？』

『うぃ！　しゃう、ちちょとえーえんのあい、ちかうっ‼』

本当なら竜王戦が終わってからお願いの電話をする予定だったのが、俺が二冠になったのを見て我慢できなくなっちゃったというからかわいい。かわいい！

試験を受けるのは年が明けてからということで、合格できるようそれまでしっかり勉強するようにと言ってある。

「ふふふ。研修会に合格したら指輪を買ってあげよーっと♡」

ちなみに研修会は基本的に落ちないので、俺とシャルちゃんが永遠の（師弟）愛を誓い合うことはもう確定している。やったぜ！

「『ちちょのおよめたんになうっ！』ってずっと言ってたシャルちゃんが、俺より将棋を選ぶのは少し寂しいけど……これも成長したってことなんだよな……」

そうそう。俺の嫁といえば。

「そろそろ気持ちも落ち着いたかな？　連絡してみるか……」

俺だってデビュー戦は格下だと思ってた山刀伐さんにボロ負けして、悔しさのあまり六十キロ以上走って茅ヶ崎の海に飛び込んだ。自殺するつもりじゃなくてそのまま大阪まで泳ごうと本気で思ってた辺りがまともな思考回路じゃない。

「……そんなアホなことを本気で考えて実行しちゃうほど、デビュー戦での負けっていうのは悔しいからな……」

そして悔しい状態でどんな言葉を掛けられても冷静に聞くことはできない。負けた時は放っておいて欲しいというのは、この世界で生きる者なら誰もがそうだろう。

けど、ずっと一人じゃ寂しい。

将棋は二人じゃないと指せないから。

「俺の時は、一週間くらいして銀子ちゃんが迎えに来てくれたっけ。だから今度は俺が、あの子が立ち直るのを手伝ってあげないとな」

練習将棋の相手でもしてあげよう。サンドバッグ代わりに。

さすがに当日は話せるような状態じゃなくても、時間を置けば冷静になれる。問題はタイミングだった。

プライドの高い銀子ちゃんだ。あからさまに心配してる様子を見せたら昔からキレ散らかすからな……いきなり電話したり会いに行ったりするのは変に刺激する可能性がある。

「まずはメッセージでも送って反応を見るのが定跡だよな」

時間がある今のうちに文面を練っておこう。

俺はスマホを操作するが――

「…………あれ？」

通話アプリから、登録されてたはずの銀子ちゃんのアカウントが消えていた。

どれだけ探しても見つからない。嫌な予感がして電話番号をコールしてみるが、スピーカーからは『お掛けになった電話番号は現在使われておりません』という無機質な声が。

胸騒ぎがした。嫌な汗が背中を伝う。

もう一度アカウントを探そうとしたその時、スマホにニュース速報が表示された。

『空銀子四段、休場を発表。期間は未定。公式戦出場一局のみでの休場は前代未聞』


…………………は？


休……場？

「冗談だろ？　え？　俺に何の連絡も無くいきなり休場って……？」

おいおい銀子ちゃんいくら何でもやりすぎだろそりゃデビュー戦で負けたら悔しいけど連絡先を全部消して休場するなんて尖り過ぎでしょ？

スマホをタップして詳しい記事を読もうとするが、手汗のせいで上手く反応しない。

『休場の理由は体調不良。説明のため将棋連盟会長が会見を行う予定』

やっぱりおかしいよ。誤報じゃないのかこれ？

だって桂香さんからも、師匠からも、月光会長からも男鹿さんからも何一つ連絡が無い。

コン。コン。

誰かが部屋をノックした。ドアを開けると、そこには――

あいが立っていた。

「師匠。お話があります」

弟子の姿を見た瞬間、俺はこの子がここ最近ずっと師匠の家にいたことを思い出す。

スマホを捨ててあいの細い両肩を摑むと、俺は思わず尋ねていた。

「あ……あい！　姉弟子のこと、何か知ってるか？　師匠や桂香さんから聞いてないか⁉」

「いいえ。報道以上のことは」

冷静な様子で首を横に振ると、あいはこうつけ加える。

「けど、こうなる予感はありました。三段リーグの終盤から……夏祭りくらいから、空先生のご様子がおかしかったのは見ているだけでわかりましたから」

「……俺が姉弟子のことを見てなかったって言いたいのか？」

「逆です」

「え？」

「師匠にだけは見せたくなかったんだと思います。綺麗で強い姿だけを、師匠には見せていたんだと思います。わたしが空先生の立場だったらきっとそうする……」

俺には見せない？　どうして？

他人には見せない姿を俺には見せてくれてたんじゃないのか？　俺が見たことのない銀子ちゃんって何だ？　俺たちは十年以上一緒に住んでたんだぞ？　恋人同士なんだぞ？

「師匠」

混乱する俺に、あいは言った。

「関西から関東へ所属を変えることにしました。もう連盟には届け出済みです」

「………………はぁ？」

あいの口から出た言葉は何一つ理解できなかった。

「移籍する？　関東へ？　あい、何を言って……？」

それは銀子ちゃんが休場するのと同じくらい有り得ないことだった。自分が夢を見てるのかと思って、俺は自分の耳の上の辺りを何回か強く殴ってみた。

ただ痛いだけだった。

「移籍って、どうしてそんな……だって対局のたびに大阪から東京へ通うのか？」

あいは黙って俺をじっと見ている。

「いや、まあ……確かに今でも似たような感じだけど、所属を変えるとなると予選から全部東京だから大阪での対局は無くなるんだぞ？　目と鼻の先に関西将棋会館があるんだから所属は今のままでもいいじゃないか」

「師匠……そうじゃないんです。そうじゃなくて……」

あいは一度、苦しそうに俯く。両手でぎゅっとスカートを握り締める。

そして顔を上げると、一気にこう言い切った。

信じられない言葉を。

「わたしは東京に住みます。だから────内弟子を解消させてください」

☖　二回目の対局

「ダメだ」

反射的に俺はそう答えていた。

「絶対に許さん。ここを出て東京に行くだと？　それだけで強くなれると思ってるのか？　将棋を……修業を舐めるなッ!!」

「…………………」

あいは唇を真一文字に引き結び、黙って俺の叱責に耐える。

それは反論したいのを堪えているようにも、もっと他の感情を堪えているようにも見えたが……自分の意見を曲げる様子は無い。

その瞬間、俺の中で閃くものがあった。

「ッ……!?」

タイトル戦続きの中で、家に帰って来た際に覚えた違和感。

それを確かめるように俺は自室から出て廊下やリビング、洗面所を見た。

「……ない………ない、ない！　ここも……！」

あいの私物だけが綺麗に無くなっている。

カップに入れた歯ブラシも、それじゃなきゃ歯磨きできないという甘い歯磨き粉も、お気に入りのバスタオルや小さな傘や長靴も……。

てっきりそれは師匠の家で短期間過ごすためかと思っていたが——

「もう……荷物まで整理してたのか？　俺に黙って……？」

怒りのようなものすら覚えた。

俺は何があっても、あいを立派に育て上げるまで……ご両親との約束である『中学卒業までに女流タイトル獲得』を果たすまで、内弟子として育てるつもりでいた。

銀子ちゃんに何を言われようとその意思は曲げなかった。

タイトル戦で忙しい最中も、可能な限り一緒の時間を持とうと努力した。確かに忙し過ぎて足りない部分はあったかもしれない。けど俺たちなら助け合ってそれを乗り越えられると信じていたのに。

金沢で、あんなに笑い合ったのに。

——あの時もう……この家から出て行くつもりだったのか……？

裏切られたような気持ちになっていた。

鋭い刃物で心を切られたような痛みと熱さで、俺はほとんど我を忘れかけていた。

「…………わかった。そこまで覚悟を決めてるなら、見極めさせてもらう」

低い声で、告げる。

「平手で指すぞ。俺に勝てたら……独立を許す」

「……はいっ！　お願いしますっ!!」

あいはもとよりその覚悟だったんだろう。

和室へ行くと既に盤駒が用意されていた。あいの寝室になっていたそこは、あいが来る前に戻ったかのようにガランとしている。

部屋の隅にまとめられているあいの手荷物を見て、俺はこの子が本当に出て行こうとしていると悟らざるを得なかった。

「…………本気なんだな？」

盤の前に座る俺の問い掛けにあいは小さく頷いてから、同じように盤の前に腰を下ろした。

——まるで、あの時の再現だな……。

しかし目の前に座る女の子は、あの時の幼い子どもとはまるで別人のように成長していて。

ピンと伸ばした背筋は、伸びた背丈の分よりもこの子を大きく見せていて。

ピシリと乾いた音を立てて駒を打ち付ける指先は、小さな子どもの手ではなく、真剣勝負をする棋士のもので。

駒を並べる美しい所作(しょさ)に一瞬、怒りを忘れて目を奪われる。こみ上げるものがあった。

──いつのまに……こんなに大きくなったんだ……？

思えば最後にあいと直接盤を挟んだのは、正月の指し初(さぞ)め式。平手で真剣に将棋を指すのはいつ以来だろう？　女流棋士になったからには手取り足取り教わるんじゃなく、自分自身で強くなる方法を探して欲しいという意図があったからだが……。

将棋界にはかつて、こんな風習があった。

『師弟が将棋を指すのは二回だけ』

最初は、入門する前。実力を見極めるため。

二回目は……師弟関係を解消して、将棋界を去るとき。

そこで師匠は平手でわざと弟子に負けてやったという。

『入門した時と比べてこんなにも強くなったんだぞ？　だから社会に出ても自信を持て』

と、激励する意味で。

俺はこの話が好きだ。

切なくて胸が苦しくなるこの話が、とても好きだ。

けれど一回目の対局と同じように、俺はあいを負かす。いや……あの時のような逆転の筋を残すようなことすらしない。

二冠王として、プロの将棋の厳しさを改めて教える。才能や努力だけでは乗り越えられない現代将棋の高い高い壁を思い知らせる。

一回目の時と同じ口調で、俺は言っていた。

「始めよう。きみの先手で」

☗ 本気になったから

「すぅぅ――――――…………」

目を閉じて、大きく息を吸い込む。

瞼の裏に浮かぶのは……初めて師匠と盤を挟んだ、あの日のこと。

あの時、わたしは今と同じように大きく一度、深呼吸をして。

それからすぐに、力を込めて飛車先の歩を突いた。

……けど、今は――

「…………」

息を止めたまま、わたしはどうしても初手を指すことができなかった。

師匠？

どうしてか、わかりますか？

今までだったらわたし、まっすぐこの歩を突けたと思います。どこまでもまっすぐに歩いて行けたと思います。

師匠にいただいた扇子を握り締めて、このまま師匠の胸に飛び込むことだって、簡単にできちゃったはずなのに。

でも今は、この小さな駒を真っ直ぐ突くことすら、できなくて……。

将棋も、師匠も、大好きなんです。ずっと師匠にだけ将棋を教えていただきたいんです。

ずっと一緒にいたいんです。

けど……こわい、です。

今は一手指すたびに、心臓がキュッてなるんです。

あれだけ伸び伸び指せていた将棋が……あんなにも楽しくて、手番が待ちきれなかった将棋が、今はもう、指すのがこわくてこわくて……。

着手の後に、手が震えるんです。

指が震えて、持ち駒を上手に打てないんです。

間違えるのが、こわいから。

負けるのが、こわいから。

将棋を指すのがイヤなんじゃないんです。その逆なんです。

それはきっと、本気になったから。

将棋に本気になったから、こわいって。大切なものを失うのが、こわいって。

将棋を好きになればなるほど……こわいって、思うんです。

ねえ、師匠？

わたしは今も、すごくこわいんです。とってもとってもこわいんです。

好きになればなるほど、それがこわいって思ってしまうから。

だからね……。

師匠に触れるのが、こわい。

一緒に暮らすのが、こわい。

声をかけるのがこわい。会話の途中の沈黙がこわい。

嫌われるのがこわい。否定されるのがこわい。見捨てられるのがこわい。師匠に会うのがこわい……あなたの視線が、他の誰かに向いてるのを確認するのが、こわいから。

こわい。

あなたが他の人のことを好きになってしまうのが、こわい。

自分の気持ちを知ってしまうのが……こわい。

ねえ？　師匠？

わたし……だめな子なんです。弟子失格なんです。

将棋で繋がってるはずなのに。

将棋が一番じゃなきゃいけないはずなのに。

女流棋士として、タイトルを獲らなくちゃいけないのに。

それなのに、金沢で、将棋を抜きにして師匠と二人で一日過ごしてみて――

わたし、こんなふうに思っちゃったんです。


『将棋なんて、なければよかったのに……』って。


将棋がなければ、あなたは普通の男の人で。

将棋がなければ、あなたはあの人とも出会わなかった。

将棋がなくても、わたしはあなたと出会えたかもしれない。

将棋がなくても、わたしはきっと…………あなたを好きになっていたから。

本当はね？　今でもまだ迷っているんです。

あの人が師匠の前からいなくなるってわかった時、わたしの中でいろんな気持ちが、いっぱい溢れて止まらなくて……。

『これで師匠を独り占めできる！』『だめだよ……いま師匠から離れないと、もう強くなれない……』『でも傷ついた師匠を一人にできないよね？』『わたしだけが師匠と一緒にいつづけたら、あの人はきっと苦しむよ？　そんなの公平じゃないよ……』

こわい。
そう思ったとき、気付いたんです。
本気で将棋を好きになってしまったことを。

☖　夕飯

　あいが本気なのは初手に時間を掛けるその佇まいから明らかだった。

「…………………………」

　右手でスカートを握り締めたまま、あいは数分間、目を閉じていた。

　数時間にも感じる数分間。

　この子にとってタイトル戦のように重い将棋なのだと示す、数分間。

　しかしその初手が何なのかは……そして戦型がどうなるかは、二人とも指す前からわかっていた。

「…………うんっ!!」

　目を見開き、気合いを入れて、あいは駒を持つ。

　この部屋で俺と過ごした全ての時間を乗せて叩きつけるように指した、その初手は――

　飛車先の歩を突く2六歩。

　その手を見て、俺も即座に飛車先の歩を突き返す。

　相掛かり。

　俺の得意戦法であり、あいが俺と初めて指した将棋と同じ戦型。

『見てください師匠！　あの時と比べてどれだけ強くなったかを！』

あいの叫びが指先から迸る。

しかしそれでも俺はまだ、あいの決意を疑っていた。

いや……。

あいの決意を疑いたかったんだ。この子の成長から目を背けたかった……それを認めてしまったら、俺にできることはもう一つしか残っていないから……。

「ふぅぅ――………」

盤上に意識を集中する。

初手に時間を掛けたあいだったが、一転して駒組みには迷いが無い。テンポ良く駒を動かしていく。

「…………」

時折チラリとこっちの表情を覗き見るその視線は、隙を窺う殺し屋のように鋭い。

序盤から既に気の抜けない展開だ。

あいと初めて盤を挟んだ時の相掛かりは……飛車先の歩をひたすら真っ直ぐ突いて行くという、単純で原始的な戦法だった。

しかしあれからたった一年半で将棋には革命が起こった。

相掛かりはその爆心地にいたと言っていい。それほど変わった。

飛車先の歩交換を保留し、その代わりに居玉を避け、右の桂馬で速攻を仕掛けるために3筋の歩を突いておく。

スタイリッシュに変貌した相掛かりは、今や居飛車の主力戦法。

「だからこそ、この形はもうプロならばソフトの最善手を掘り尽くしてる。リードを奪えると思ったら大間違いだぞ？」

あいは月夜見坂さんとの将棋で高い授業料を払ったはず。それでもこの戦型を使うという。

「ならば――――」

俺は翼を広げるように両方の端歩を突く。

意図がはっきりしない、ふわりとした手を加えておくことで、相手のソフト研究を無効化する最新のソフト活用法だ。

――最善手を敢えて外し、研究の小部屋に誘い込む罠。攻略法は考えたか？　あい。

「………………」

あいは迷いの無い手つきで駒組みを続けている。

しかし、いつまでたっても桂馬を跳ねて速攻を仕掛ける様子がない。

それどころか……せっかく前線に繰り出してきた銀や飛車を、駒がぶつかる直前で引き返したりと、まるで戦いを避けるような不思議な動きを見せていた。

「……？　じゃあ、３六歩を突いた意図は何だ……？」

あいはみすみす速攻の機会を見送った。先手の利すら失った。

そして戦いを避け続けている。

確かにそうすれば相手の研究も避けることができる……が、それではお互いが築いた攻撃態勢がリセットされて、また一から読み直すハメになってしまう。

こんなのただ疲れるだけ――――

「…………ん？」

読み直す？

疲れる？

…………あっ!!

「そうか……そういうことか！」

相掛かりは変化が一直線で深くなりやすい戦型だ。

しかし一手進むと読むべき内容が大きく変わることも多い。それが延々と続いていく。読むことが好きな人間でなければ指しこなせない。

待機策を取ることで、あいはその読み比べを延々と続けようというのだ。

どちらかが読み疲れてミスをするまで。

――一直線の読みなら……二冠王にも勝てるというのか!?　それがお前の答えか!!

何度も一緒にやった詰将棋（つめしょうぎ）の早解き。

その経験が、あいに自信を与えたんだろう。速度と根気なら誰にも負けないという自信を。

「不遜だな。しかし百点満点だ」

俺はどうしようもなく心が沸きたつのを感じていた。

トッププロと真正面から力比べをしようなんて考える女子小学生が……しかも公式戦で手痛い負けを喫したにもかかわらず『自分を信じる』という結論に至れる小学生五年生が、あいの他にいるだろうか？

強情なまでに自分を信じる強い意志。

何度倒れても起き上がり、その度に強くなる、折れない心。

そんなあいの素質を消さずに育てることができたと知り、心の中で快哉を叫ぶ。迷いながら育てた日々は間違ってなかったと。

ただし——

「…………悪いが、今日はその心をヘシ折らせてもらう」

あいの意図を推知した俺は、直ちに攻撃を開始した。我慢比べはもう終わりだ。

「んッ……‼」

あいも即座に戦闘モードに入る。

互いの飛車と角を使った、芸術的なまでに繊細な手順の応酬！

老獪な猛牛のようにフェイントと突進を繰り返す俺の飛車を、あいは若々しい闘牛士のような手つきで、歩や香車の剣を閃かせつつ角のマントで翻弄する。

そして細かい手順の応酬の末に――俺の飛車とあいの角が、９筋で向かい合った。

勝負所だ。

「…………………………………………………こう…………」

来たか。

「…………こう…………こう…………こう…………こう…………こう…………こう…………こう…………」

あいの小さな身体(からだ)が、大きく前後に揺れ始める。

終盤ではなく駒がぶつかったばかりの中盤の局面で、あいはフルスロットルでアクセルを踏み込んだ！

「こう……こう……こう……こう……こう……こう……こう、こう、こう、こう、こう、こう、こう、こう――」

脳の基礎的な計算速度は天性のものだ。

将棋の神様はこの少女に人類最速の思考エンジンを与えた。

初めて盤を挟んだ時、あいの才能は刃のように鋭かった。大駒交換で得た二枚の飛車をナイフみたいに閃かせ、本気で俺を殺(詰ま)そうと迫った。

そのナイフは日本刀のように長く怜悧(れいり)に成長し――今まさに、抜かれようとしている。

「こうッ‼」

盤上一閃。あいは角をひらりと逃がす。

その結果────端を守る駒が無くなった。

「…………は？」

思わず盤に顔を寄せてしまう。

「な…………んだ、この手は……？」

『どうぞ飛車を成ってください』

そう言ってるとしか思えない。

てっきり日本刀で斬りかかってくるかと思ったのに……あいは刀を捨てて両手を広げ、逆に斬られようとしている……？

──俺に竜を作らせて、それを捕獲しようっていうのか……？

だとしたら露骨すぎる罠ではあった。

しかし誘いだろうが何だろうが……ここで飛車を成れないようでは、俺の負けだ。

「……………」

俺は敵陣に踏み込み、盤上に竜王を出現させた。

あいの狙いはこの竜を端に閉じ込めて捕獲することだろうが……。

俺の読みでは、そうすれば逆に傷を深くしてしまうことになる。

——竜が生還すればこっちの優勢。竜が捕獲されても有利にはできる。

どちらに転ぼうが俺にとって利のある展開だった。

「こうこうこうこうこうこう————————こうッ!!」

あいは飛車を最下段まで引くことで横利きを通し、自陣で俺の竜王が暴れるのを防ぐ。閉じ込めて竜を捕獲することを諦めたのか？

——読み勝った！　まだまだだな、あい。

俺は竜を自陣へと引き上げる。最強の駒が生還したことで攻撃力のみならず防御力も格段に向上した。優勢を意識して、大きく息を吐く。

その瞬間。

まるで獣のように、あいの手が素早く駒台に伸びた。

「こぉおおおおおおおおおおおおおおおおおおおおおおおおおおおおおおッッ!!」

あいが持った駒は————香車。

その小さな駒を、あいは引いた飛車の上に打ち付ける!!

「——————こうッッ!!」

そして盤上に出現する、香車と飛車の多段ミサイル。

「し、しまったッ!!　飛車を引いたのは、香を打ち込むスペースを空けるためか……!!」

最下段まで引いた飛車は、守備にも活きる。

だがあいの狙いはむしろ……それを使った攻め！

俺の意識を左辺の『受け』に集中させておき、反対側である右辺に強烈なカウンターを用意していたのだ！　強い!!

「…………………いや。それだけじゃ……な、い………？」

局面を深く読むにつれて、俺の身体は震え始めた。

あいがどこまで深く、深く深く深く深く深く深く深く深くまで読んで、ここへ俺を誘導したのかを知り………やがて全身の震えを抑えきれなくなる。

「こ、この子は………この子は…………………ッ!!」

日本刀なんてかわいいもんじゃない。

祭神雷(さいのかみいかづち)が振り回してた斧みたいにチャチなおもちゃでもない。

あいの才能(やいば)。

それは――――禍々(まがまが)しく湾曲した、巨大な鎌(かま)。

――相手が気付かないうちに首の後ろへ忍び寄り………そして、刎(は)ねる。

まるで詰将棋のような局面を眺めながら、ようやく俺はそのことを悟った。

この子の中で、ここはもう中盤じゃない。

恐るべき計算力によって、駒がぶつかり合ったばかりの局面を終盤へと変えてしまった。

この香打ちは攻めなんて甘いもんじゃない。

――あいは既に……寄せに入っている……!!

この香は受け切れないッ!! ま、負ける!?

「こう――――――こうッ!!」

香車と共に、あいは俺へ向かって突進してきた!

深く深く前傾するあいの背中から、真っ白な翼が生えていく。

やがてその翼は大きく広がって、盤面全体を……俺の思考をも包み込んでしまう。

「くっ……!! はぁ……はぁ……はぁ……ぁぁぁ!!」

俺はあいの膨大な読みの量に圧倒されていた。

突如として自玉が危なくなったのだ。読めば読むほど自分の負けが迫ってくる……。

「ぁ…………熱い……」

日が傾いたのか、部屋に差し込む太陽の光で室温が上がっていた。

熱い……熱くて熱くて喉が渇いて仕方がない……。

その時だった。

スッ……と、俺の前に水の入ったコップが差し出される。

「ッ!! ……………ん………」

考えている最中にあいが汲んでくれたようだ。身体が求める温度に調整されたそれに口を付けることで、ようやく落ち着くことができた。

だが、同時に……肉体の変調すらあいに読まれているという恐怖が、冷たい液体と一緒に胃の中へと降りてくる……。

——この子は…………あまりにも、俺を知り尽くしている…………。

他の人間だったら、保持するタイトルやレーティングで俺を判断するだろう。その結果、魔王だの何だのと俺を過大評価して、勝手に自分で転ぶ。

しかし、あいが見ているのは、生身の九頭竜八一だけ。

数字なんかじゃない。

この将棋は、お互いを知り尽くした、人間と人間の…………血生臭い闘いに他ならない。

ならば……!!

「ふぅぅ————————……………すまない」

一言だけ、あいに礼を言う。

そして俺は駒台に手を伸ばすと、そこにあった香車をあいの成香のすぐ後ろに打ち込んだ。

「ッ!!　…………え?　…………えッ!!」

あいは一瞬だけ目を見開くが、それは俺が好手を指したからじゃない。

『師匠が不利を認めた?　……勝てる!!』

俺が指したのは、悪手とわかっていても何とか勝負形に持ち込もうという強引な俗手。

要するに『反省』の一手だ。

あいの飛車を遮るために、駒台に残っていた戦力を形振り構わず投入する。駒をボロボロと取られる代わりに攻めを遅らせる。

それはまるで御伽噺のようだった。

迫ってくる化け物の注意を逸らすために、ありったけの金銀財宝を地面にバラ撒く。

ギリギリ保っていた形勢が大きく先手に傾いていく……。

「はぁっ……！　はぁっ……！　はぁぁっ……!!　んっ……こ……こう、こう、こうこうこうこうこうこうこうこうこうこう――――」

あいは二冠王に初めて平手で勝つというプレッシャーに押し潰されそうになりつつも、その重圧を読みの力で撥ね除けて、こっちの受けを的確に剝がしていく。

そして――――一一九手目。

六十手近くも続いた寄せの果てに。

「こうッッッ!!!」

鋭い気合いと共に、あいは俺の玉の斜め後ろに角を打ち込む。

王手だった。

角の横には竜までいる。大駒二枚に迫られて、絶体絶命の状況……！

ここだ。

「カアアアアアアアアアアアアアアアアアアアアアアアアアアアアアアッッッッ!!」

あいが勝ちを確信したこの瞬間、俺は自玉に指を置いて罠を発動させる。

そしてその指を滑らせた。

たった一つ隣のマスへ。

「ごっ……5二玉⁉ そんな受けがあったなんて……!!」

今度はあいが驚く番だった。

あいが打ち込んだ角の利きを敢えて紙一重でかわすことで『読み切ってるぞ』とプレッシャーをかける。

「で、でもまだ………こうッ!!」

勝勢を意識していたあいは、勝ちを意識したからこそ安全策に走った。

それは持ち味である鋭い攻めを自ら封じる悪手。

手番を得た俺は、温めていた手順を披露する。

「お返しだ」

俺は玉の頭に香車を打った。あいが見せたような攻防の一手。玉頭（ぎょくとう）を守ると同時に、あいの玉へプレッシャーを加える。

「ッく……!!」

自分の頭を本当に叩かれたかのように、あいは額に手を当てて顔をしかめた。

続けざまに技を掛けるべく、俺は敵陣に角を打ち込む。

飛車金の両取り。派手な技だ。

このために俺は金をはじめたくさんの持ち駒を犠牲にして、あいの陣形を乱していた。

「あっ…………く!!」

あいは一瞬だけ怯んだが、すぐに前傾して『両取り逃げるべからず』の格言通りに俺の懐へ歩を打ち込んでくる。

守るのではなく攻めることで活路を見出そうとしたのだ。

「俺が教えた格言をちゃんと憶えてたか。いい子だ……」

しかしこれが本物の罠。

ここであいが両取りを避けて粘りの順を選んでおけば、勝負はまだわからなかった。

俺はあいの攻めを放置して、落ち着いた手つきで金を取り、馬を作って攻め合いに出る。

速度で勝てると読み切ったからだ。

「終わりだ。まだまだ将棋が素直すぎるな」

「ッ⁉　…………あぁ……」

何も考えずにただ攻めていれば勝つチャンスはいくらでもあった。

きっと九歳の頃のあいなら俺を詰ましていただろう。

俺と過ごした日々で蓄えた知識と、そして俺への想いが、あいを間違わせた。

あいが俺を知り尽くしている以上に。

俺もあいを、知り尽くしているのだから。

「こ…………う…………」

あいは慌てて玉の退路を作るが、もはや手遅れ。

最後のお願いとばかりに王手を掛けてきても、その手つきには力が無かった。

逆に俺はノータイムで玉を上へと逃がしていく。

——勝ったか……しかし二冠になった俺をここまで追い詰めるとは……。

客観的に見て、あいの将棋は女流棋士の枠を大きく超えていた。

——技量が才能に追いつきかけてる。すぐに爆発するな……。

全身にかいた冷や汗が、あいの成長の証だった。

大化けする直前の天才が放つ光の欠片が、今の将棋には眩いほどに溢れている。

師匠から離れるという、あいの決断。

それが正しいのか、そうでないのか……図らずもこの将棋が答えを示している。

俺は今まで敢えて、あいに何も教えなかった。

学びの機会は提供したし、駒落ちならば将棋もたくさん指した。けど、序盤の定跡やプロの最新研究を暗記させたりはしなかった。

まっさらな状態こそが、あいの最大の才能だったから。

ソフトの使用を禁じたことも含めて、それはたった一つの教えをこの子の身体に刻み込むためのもの。

自分で強くなる。

強くなるための方法すらも自分で考える。

その教えの終着点は――――師匠からの独立。

だから本来、俺は喜ばなければならない。

あいがこの部屋から巣立ちたいと……その翼でもっと広い東京へと羽ばたこうとするのであれば、背中を押してやることこそが師匠の義務だ。

そしてもし、一人で空を飛びうる翼が生えたのに巣立とうとしないのであれば……厳しく突き放すことが親鳥としての務め。

――俺は……色々と理由を付けて、あいを手放したくなかっただけなんじゃ……？

もしここで俺があいを強引に手元に置き続ければ。

自立しようと羽ばたき始めた翼を鎖で繋ぎ止めてしまったら。

ソフトの力を借りようとも、それに飲み込まれず逆にそれを飲み込んで強くなる方法まで掴みかけている雛鳥をこの部屋に閉じ込めておくのは、俺のエゴなんじゃないのか？

「…………俺は…………」

俺はこの子を…………銀子ちゃんの代わりにしたいだけなんじゃないのか？

その気持ちが俺に緩手を指させた。

「あ」

安全策の金打ち。

念には念を入れて打ち付けたはずの合駒が、逆に邪魔になってしまったのだ！

何も考えず単に玉を逃がしておけばそれで終わりだったのに!!

「あッ……!?」

指した瞬間に気付く。

指が離れた瞬間に、それが間違いだったと気付く。触れてる時には少しも気付かないのに。

それが過ちってもんだ。

「ッ!!　……………こう、こう、こうこうこうこうこうこうこうこうこうこうこうこう――」

あいはまるで獣が飛びかかるかのように盤へ向かって前傾する。

――ま……まずいッ!!　受け間違えれば逆に詰まされる……!!

俺も慌てて戦闘態勢を取った。

それから俺たちは互いにちょっとずつ悪手を指し合った。

一度気持ちが切れてしまったことで、互いの感情がストレートに指し手に乗る。気持ちの揺らぎが指し手の精度に直結する。

俺もあいも悪手を指した。それまでの超高度な将棋が幻想だったかのように、ありえない手をいっぱい指した。まるで素人の将棋みたいに。

ポロポロと心の囲いが剝がれていくと——

『…………く…………………ない…………』

指し手から、あいの正直な言葉が伝わってくる。

『……………たく、ない……………です……』

互いの玉が、何も纏わずに向かい合う。

あいと俺はノータイムで駒を交わし合った。二人の気持ちと同じように、盤上の駒たちが一つの明確な意思を持って動き始めていた。

『行きたくないです……！』

『行かないでくれ！』

『行きたくないです!!』

『行かないでくれ!!』

『行きたくないですッ!!』

『行かないでくれ……ッ!!』

互いのそんな叫びが指先から迸るかのように、俺とあいは同じ動きを繰り返した。終わりを引き延ばすだけの手を。

しかし、将棋のルールは残酷で……。

たった四回繰り返すだけで、終わってしまうんだ。

千日手。

本来ならば先後を入れ替えて指し直すことになる。アマチュアならば両者負けという判定の場合だってある。

「「………………」」

動かなくなった盤上の駒たちが長い影を作っていた。

いつしか夕日が部屋に差し込み、オレンジ色の光に照らされたあいは、俯いたまま俺の言葉を待っている。

「あい」

「っ……！」

名前を呼ぶと、あいは期待するような目をこっちに向けた。

子犬みたいなその顔は、弟子にしてくださいと言ってこの部屋に初めて来た、あの時のままで……。

あの時と同じように『もう一局指そうか？』と俺が言えばきっと、全てが元通りになる。

だから俺はこう言った。

「もういい。終わりにしよう」

そのままあいに背を向ける。

顔を見ればきっと、あいを引き留めてしまうから。行かないでくれと叫んで、盤を飛び越えて、その小さな身体を抱き締めてしまうから……。

「あ………」

あいが盤の向こうから俺の背中に向かって手を伸ばしかけたのが、気配でわかった。今ここで相掛かりのように俺も手を伸ばせば、二人の手は盤の上で繋がるだろう。

しかし俺には、それはできない。

師匠として弟子を厳しく突き放さなければならないという義務感と……あいが俺に何も相談してくれなかったことで傷ついた、ちっぽけなプライドがあったから……。

「ししょう………ゆ……ゆ――」

許してください！　やっぱりここにいたいですっ……!!

そう言ってくれることを、俺はまだ心のどこかで期待していた。

そして、あいが絞り出した言葉は――

「夕ご飯………できてますから……」

俺を気遣う言葉だった。

愛しさが他の全ての感情を押し流す。

将棋なんてどうだっていいから、この子と一緒にいたいという気持ちが溢れる。

あい……!!

「………今日の夕ご飯は、新しいレシピを試してみたんですよ？　こ、コンロの上の……お鍋に入ってますから……食べてみてくださいね？」

なるべく明るく喋ろうと、あいは必死に感情を制御しようとする。

その声はどうしようもなく震えていて。

「それから、明日の朝ご飯も……明後日のぶんも、しあさってのぶんもありますから……冷凍庫には、一週間分のごはんが用意してあります……次のタイトル戦まで、しっかりごはんを食べてくださいね？　お洗濯ものを溜めないように、対局料で乾燥機を買っておきました……明日、届きますから……毎日ちゃんとお洗濯してくださいね？　ボタンを押すだけだから、師匠でも……ひ、一人で………できますからっ………！」

ぽたぽたと畳に落ちる雫の音が、その声に混じる。

俺はあいに背を向けたまま必死に唇を噛んだ。血の味が口の中に広がっていく。それはとても苦い、後悔の味だった。

あまりにも苦かったから、あまりにも痛かったから、俺は十八歳にもなって泣いてしまう。

――やっぱり、背中を向けてよかったな……。

こんな……こんな泣き崩れた顔を見せたら、あいの決意が鈍るだろうから。

師匠として俺ができる最後のことは……厳しく突き放すことしかないからッ……！

「りゅうおうせん、勝ってくださいね？」

励ますように、あいは言った。

「師匠は将棋に集中すると、他のことが目に入らなくなっちゃうから……だから桂香さんに、たまに様子を見に来てくれるよう、お願いしておきました。だ、だから……大丈夫ですからね？　わ……わたっ……わたし、がっ……！　い……なく……てもっ……!!」

その先はもう言葉にならなかった。

ぽたぽたと大粒の水滴が畳を打つ音が、まるで雨音のように連なる。

そして、その雨が止んだ頃。

「……おせわに、なりました……」

小さな呟き(つぶや)が聞こえた。
それから、震える指で駒を片付ける音。
旅館で仕込まれた、音を立てない摺り(す)足のようなあいの足音。
ドアを開ける音。ドアを閉める音。鍵(かぎ)を掛ける音。
その鍵をポストの中へ落とす音。

そして何も聞こえなくなった。
短い冬の夕暮れは、あっという間に終わってしまう。
部屋の中が真っ暗になった頃、俺はようやく顔を上げて。

振り返ったとき、そこにはもう――――内弟子(あい)の姿はなかった。

『やいちくーん？　いるんでしょー？　やーいーちーくぅ――――ん！』

ドンドン！　ドンドンドンドンドン！

『いつまで一人でスネてるつもりなの？　勝手に入るからね？　いいわね⁉』

ガチャ。

合(あ)い鍵を使って部屋の中に入って来たのは桂香さんだった。

声を聞いてなくてもわかる。俺の部屋の合い鍵を持っていたのは三人。そのうちの一人は合い鍵を置いて部屋を出て行き、もう一人は合い鍵を持ったまま人々の前から姿を消した。だから鍵を使って入れるのはもう桂香さんしかいない。簡単な三手詰だ。

「………本当に、出て行ったのね。あいちゃん……」

ガランとした室内を見回して、桂香さんは言う。寂しそうな声で。

白々しい……。

「知ってたんだろ？　あいのことも、それに銀子ちゃんのことも……桂香さんが裏でコソコソ動いてたんだろ？　俺の味方みたいなフリしてさ」

「私はずっと八一くんの味方よ。だって家族だもの」

「家族？　ハッ！」

それは俺が今、一番聞きたくない言葉だった。

「あいだって……俺にとっては家族だったさ。一緒に暮らしてたんだぞ？ それなのに、あっさりいなくなっちまった。こんな……こんな煮物一つ残して！」

台所のコンロの上にある鍋を指して俺は叫んだ。

冷蔵庫の中にも、あいが作り置いていった料理がまだそのまま残っている。

どれも俺の好物だけど箸を付ける気にはなれなかった。

一人で食べたって美味しいわけがないから。

弟子が強くなるためにそれが最善だとわかっていても。

いや、わかっているからこそ……一人でその答えに辿り着いたという事実が、俺を打ちのめすんだ。

だってそこに辿り着いてしまったなら……。

あいはもう、ここには――

「『煮しめ』よ」

「……は？」

台所に立って鍋の中身を見ながら、桂香さんはわけのわからないことを言い出した。

「単なる煮物じゃないわ。ちゃんと『煮しめ』っていう名前があるの」

「そんなのどうだっていいだろ⁉ 煮物の名前なんて――」

「八一くん。煮しめってどうやって作るか、知ってる？」

鍋に目を落としたまま、桂香さんは懐かしそうに、

「お正月によく作ったわねぇ。八一くんも銀子ちゃんも、おせち料理の中でこれだけはいつも残してたけど」

「……だって煮物なんて正月じゃなくても食べられたし。てか、そもそも煮物って子供そんな好きじゃないし」

「そうよね。私も……お母さんが生きてた頃は、何が美味しいのかわからなかった」

食器を探す、ガチャガチャという音がする。

「けど、お母さんが死んじゃって、お父さんと二人でお祖母(ばあ)ちゃんの家に……いま住んでる野田(のだ)の家に引っ越して、その時にお祖母ちゃんから作り方を教わってから、大好きな料理になったの」

「どうして……？」

「煮しめの中には、家族がいるのよ」

か……ぞく？

それは俺が一番聞きたくない言葉で……同時に、冷え切った俺の心が一番欲しているものだった。その言葉を聞くだけで、今度は胸が締めつけられるように熱くなった。

まるで切り傷のように熱い痛みが広がっていく……。

「ゴツゴツした里芋は師匠。お花みたいなニンジンは私。白くて細いゴボウは銀子ちゃん。まっすぐスクスク育つ筍は、あいちゃん。八一くんは……くねくねして素直じゃないコンニャクかな？」

そう言いながら、桂香さんは鍋から煮物を掬った食器を、テーブルの上に置く。

「あ……」

ようやく向き合えたその料理は……まるで小さな宝石箱だった。

丁寧に、時間と愛情をかけて作られたと一目見るだけでわかる。あいがどんな想いを込めてこの料理を作ってくれたかも。

その証拠に、この煮物には……俺にだけ気付く仕掛けが施してあった。

「あら？」

桂香さんもそれに気付いたらしく、意外そうな声を上げた。

「この煮しめ、厚揚げが入ってるのね？　珍しい……」

「…………小煮しめ、だ」

「こ……にしめ？　何それ？」

「言われて思い出した。俺の地元の……福井の郷土料理だよ。幼稚園の給食とかでたまに出たり、あとは実家の——」

ふと、気付く。

俺はスマホを操作すると、一ヶ月以上前に受け取ってそのまま他のメールに埋もれてた、兄貴からのメールを探し当てる。

『八一。元気か？　急にすまん。少し気になったことがあってな』

送信日は、帝位戦第三局の直前。

俺とあいが金沢へ行く前のことだ。

『料理長から、俺の実家の正月に作ってる煮物のレシピを聞かれたんだ。ほら、福井の小煮しめだよ。あいお嬢さんがお前のために作りたいからって。お前が食べたいってリクエストしたのか？　あんまお嬢さんに甘えるなよ？』

——……あい!!

声にならない絶叫を上げて、俺はあの子のことをようやく本気で考える。

一言も相談せずに、あいがどんな気持ちでいたのかを。

どうして金沢であんなにハシャいでいたのかを。

——どうして俺は……いつもあの子の葛藤に気付いてあげられないんだ……っ!!

「八一くん。煮しめを作る上で一番大事な調味料が何だか、知ってる？」

「…………？」

俺が答えられないでいると、桂香さんはそれを教えてくれた。

意外な答えを。

「煮しめの一番大事な調味料。それは――――『時間』よ」

「……時間？」

「そう。料理って、作りたてのアツアツが美味しいと思うじゃない？　けど煮物みたいに、熱を冷ましてからのほうが味が染み込んで美味しくなるものもあるの。お汁が具に全部染み込むまで時間をかける……だから煮しめは『煮染め』とも書くのよ」

冷たくなった料理を見詰めながら、桂香さんは言葉を続ける。

「銀子ちゃんも、あいちゃんも、あなたを捨てるわけがない。ただ……物事には、離れて考える時間が必要なときだってあるの」

本当に？　本当にそんな時間が必要なんだろうか？

熱と同じように、愛情も冷めてしまうんじゃないだろうか？

不安と疑いの入り交じった目を向ける俺に、桂香さんは胸の痛みに耐えるような表情で、こう言った。

「私が…………将棋から離れる時間が必要だったように」

「ッ……！　…………桂…………香、さん……！」

「銀子ちゃんが休場を選んだのは、将棋から逃げるためじゃない。世間はあの子を無責任だと非難したり、勇気がないと貶したりするけど……本当はその逆なのよ」

逆？　逆って、どういう――

「早く休場を選択しないと、順位戦をはじめとする棋戦の抽選が行われてしまうわ。そうなったら不戦敗や降級点が付いて、あの子の目指すものが遠ざかってしまう……」

プロとして、空銀子が目指すもの。

公式戦でプロに勝つことだろうか？

それともプロのタイトルを獲ることだろうか？

桂香さんはそのどれでもない答えを口にする。

「プロ棋士として、公式戦で九頭竜八一と戦う日が」

「ッ……‼」

「プロになって大騒ぎされて！　初対局で女流棋士に負けて！　たった一局指しただけで休場して！　それがどれほど悔しくて勇気のいることか、八一くんならわかるでしょ⁉　世間の批判を浴びようと、あの子はそれを選んだの！」

なぜ？

その答えを、桂香さんは口にする。

「あなたと戦うためにッ‼」

ああ………そうだったのか……。

銀子ちゃんは将棋から逃げたんじゃない。俺からも逃げたんじゃない。

戦い続けるために、今できる最善手を選んだ。

やっぱりあの子は……骨の髄まで将棋指しなんだ……。

「それに……あの子は今、もっと大きな苦しみと戦ってる。それはまず、あの子自身が乗り越えなくちゃいけないものだから……」

——もっと大きな苦しみ？

そう聞かされても、銀子ちゃんにとって将棋が指せない以上の苦しみがあるなんて……俺には想像すらできない。

「私の口から言えるのはここまで。知りたければ自分で調べなさい。それは止めない。けど、八一くんには他にやるべきことがあると思う」

「でも正直、わからないことだらけで……どうしてみんな俺に何も言わずに勝手に決めちゃうんだよ？」

「誰もがみんな、八一くんのことが好きなの。好きすぎて、考えすぎて、それでかえって悪手を指しちゃうこともあるんだと思う……将棋みたいに」

それは、痛いほどよく理解できた。

俺も悪手を指してばかりだから。

「あのヒゲもその気持ちは同じ。ま、私とは違う考えがあるみたいだけどね……」

「師匠も？」

唐突に申し渡された、恋愛禁止令。

あれも深い考えがあってのことなんだろうか？

そのことも気になったけど、無性に師匠の話が聞きたくなった。弟子が独り立ちすることについて……。

「大丈夫よ！　私だって大丈夫だったんだから、あの二人ならきっと、もっと強くなって帰って来るわ！」

「………帰って来る、かな？　俺なんかのところに……」

「八一くんが信じないでどうするの？　あなたは最強の竜王なのよ？　もっともっと強くなって、あの二人が帰って来る場所を守らないと！」

守る………か。

将棋は、攻めるだけじゃ勝てない。

じっと相手に手を渡すような手を……相手の気持ちを確かめるような受けの手を指せるようにならないと、本当の強さは得られない。

受ける時間は、こわい。

攻めるよりもずっと、こわい。

それでも……それでも俺は――

「二人とも、八一くんと将棋を指したいの」

幼児（おさなご）を諭すような口調で、桂香さんは言う。

「そのために……そのためだけに、つらい道を選んで歩こうとしてるの。だったらあなたは最高の目標で在り続けなきゃ。二人が道に迷ってしまわないように……ね？」

「…………うん……」

俺はようやく、竜王として、二冠王として、自分がすべき仕事が何なのかを悟った。

強くなろう。

ただ強いだけじゃなく、ただ熱くなるだけじゃなく、あの名人のように……いや、あの名人よりももっともっと高い場所で輝く棋士になろう。

変わらなくちゃいけないんだ……挑む者から、挑まれる者へと。

「頂点に、立つ」

冷え切ったアパートの中で俺は、そう誓った。胸に残る小さな灯火（ともしび）を消さないために。

誰よりも高い場所に立っていればきっと――――二人が俺を見失うことはないから。

空銀子四段の休場が発表された、その三日後。日本将棋連盟は記者会見を開き、不在の空四段に代わって月光聖市会長が報道陣に対し説明を行った。主なやり取りは以下の通り。

――休場の理由は？

「体調不良です。医師からの診断書も受け取っています」

――なぜ休場という選択になったのか？

「既に決まった対局を休めば不戦敗ですが、休場の場合そうはなりません。最も大きいのは六月から始まる順位戦で降級点が付かなくなることですが……本人は、指したかったでしょうね」

――このまま引退はありえるのか？

「それは絶対にありません」

――保持する二つの女流タイトルの扱いは？

「女王・女流玉座共に返上したいとの申し出があったため、現在スポンサーと協議中です。仮に返上が認められた場合、どちらのタイトルも挑戦者決定戦を『優勝者決定五番勝負』に改め、新たなタイトル保持者を決定いたします」

――空四段は現在どこで治療を行っているのか？

「お答えできませんが、ご心配いただけることはありがたく思います。今は静かに見守ってあげてください」

空四段からは以下のメッセージが発表された。

『この度、休場という選択をしたことを、応援してくださる皆様、また将棋界を支えてくださる全ての方々に対し、心よりお詫び申し上げます。

三段リーグの途中から、将棋を指す際に激しい倦怠感や発熱等があり、このままではプロ棋士として観賞に耐えうる棋譜を残すことができないと考え、治療に専念する道を選びました。

デビュー直後にこのようなことになり、本当に申し訳ございません。

プロとしての義務を果たすため、一日も早く対局に復帰できるよう努めます。』

空四段の弟弟子に当たり、竜王位を防衛中の九頭竜八一竜王は、竜王戦第三局の前日に行われた会見で姉弟子の休場についてコメントを求められると、

「事前の相談はありませんでした。今も本人からは何も聞いてません。プロとして自分で決めたなら俺が何か言うようなことじゃないし……それに俺たちは棋士だから。伝えたいことは、言葉じゃなくて将棋で伝えます」

九頭竜竜王はその言葉通り、この後行われた竜王戦第三局を目の醒めるような将棋で制し、二勝一敗とリードを広げた。

感想戦では、駒台に置かれた『銀将』に優しく触れる仕種が、いつもより多く見られた。（鵠）

デビュー戦で祭神雷に敗れた、その夜。

将棋会館の宿泊室で一人、休場届と記者会見用のメッセージを手書きで認(したた)めた銀子は、全身をじわじわと蝕(むしば)むような熱の残る身体でもう一通のメッセージを書いていた。

さっきまで書いていたのは、全世界へ向けたもの。

今度は……たった一人へ向けて。

『何も相談せずに決めてしまって、ごめんなさい。身体のこと、黙っててごめんなさい。心配をかけたくなかった………なんて、そんなふうに言えたらどれほどいいだろうって、今もこの身体を呪い続けてる』

『結婚しようって言ってくれたとき、嬉しかった。人生で一番嬉しかった。夢なんじゃないかと思った。だから何度でも言ってほしくて、すぐに「うん」って言わなかった』

『あなたの語る未来が幸せすぎて、髪を伸ばし始めたよ？　あなたにもっと、私を好きになってほしいから……』

『黙っていたのは、そんな幸せな未来を捨てられなかったから。ずっと夢を見たままでいたかったから。全て打ち明ければきっと、あなたは自分からその未来を捨てようとしてしまう……そうさせないために、私は自分だけで解決する道を選んだの。ごめん。こんな伝え方じゃ、さっぱりわからないよね』

『私は将棋しかやってこなかったから……どうやって伝えていいのか、どんな言葉を選べばいいのか、わからない。まだ私にこんなことを言う資格があるかも、わからないけど――』

『あなたが好きです。あなただけが好きです。あなた以外との未来なんて考えられない』

『だから待っててほしい。私がまた、将棋を指せるようになるのを……そして復帰した時は、今度こそ言います』

『九頭竜八一と将棋を指すために、プロになったって』

正直な想いを込めて書き上げたそれを、しかし銀子は送ることができなかった。

そのメッセージは今も……彼女の胸の中にだけ、ある。

☖　エピローグ

除夜の鐘が聞こえた。

「…………寒い…………」

大晦日の夜、大阪では珍しく雪が降っていた。冷え切ったボロアパートの和室に寝転がったまま新年を迎えようとする俺には、帝位を獲得した喜びも竜王を防衛した感慨も何も無く、心の中は抱えている鍋のようにカラッポだった。

積もった雪に街灯の光が反射して、部屋の中は意外なほどに明るい。

電気を点ける気力もカーテンを閉める余裕も無かった。

あいがいなくなって、まだ二ヶ月足らず。そんな短期間に部屋の中は信じられないほど荒廃してしまった。

あれだけ綺麗で、温かくて、明るかった部屋が……まるでコンクリートでできた牢獄みたいに湿って、冷え切っていた。

そんな牢獄の扉を、さっきから誰かがノックしている。

ドンドンドンッ！　…………ガチャ。

ギシ、ギシ、ギシ。靴を履いたまま部屋の中に入って来る気配がしたけど、俺はそのまま寝ていた。強盗だったらこのまま殺して欲しいとすら思ったが——

「ハッ！　きったない部屋ねぇ!!　足の踏み場も無いじゃない！」

　土足のままで入って来ておきながらこの言い草。顔を見るまでもない。

　傍若無人なお嬢様に、俺は布団にくるまったまま尋ねた。

「………どうやって入ったんだ？」

「どうやっても何も、この部屋は私の物だもの。鍵くらい持ってて当然でしょ？」

「はぁ……？」

「建物ごと買い取ったのよ。だから私がオーナーってわけ」

「ど―――!!」

　どうしてそんなことするんだよ!?　という質問を俺が口にする前に天衣は説明する。

「ま、目当ては土地だからこんなボロアパートさっさと取り壊して、新しいマンションを建てるつもり。それで今日は店子の皆さんに立ち退きをお願いして回ってるってわけ。もちろん立ち退いてくれるわよね？　立ち退き料は弾むわよ？」

「………断る」

「どうしてぇ？　まさか師匠、ここで鍋を抱えて待ってたら全てが元通りになるなんて都合のいいこと考えてらっしゃるのぉ？」

　俺が抱きかかえていた鍋を―――あいの作ってくれた小煮しめが入っていた鍋をサッカーボールみたいに蹴っ飛ばしながら、夜叉神天衣は軽蔑しきった口調で吐き捨てる。

「《西の魔王》と恐れられる現代最強の棋士が、空になった鍋を抱えたままカビ臭い布団の中でゴロゴロしてるなんてねぇ。関東の連中が見たら死ぬほど悔しがるんじゃない？『こんなやつにタイトルを二つも獲られたのか』って！」

「…………」

「ま、今後は魔王に負けた腹いせを弟子にぶつけるんでしょうね。関東に移籍してイジメやすくなったし」

ケラケラと笑いながらそう言ってから、天衣は自分の発言を訂正する。

「ああ、もう弟子じゃなかったんだっけ？　それとも籍はまだ入れたままなの？　別居ってやつ？　家は出て行ったけど離婚してないって感じ？　《捌(さば)きの巨匠(マエストロ)》がそんな感じだったわね。ま、実質的には切れてるのも同じ——」

「うるさいなッ‼　そんなこと言いにわざわざ来たのかよ⁉」

天衣の言葉を遮るように俺は叫んだ。

「ああそうさ！　どうせ俺は弟子にも恋人にも捨てられた憐(あわ)れな将棋指しだよ‼　タイトルは守れても本当に欲しいものは失っちまった大馬鹿(ばか)野郎さ‼」

将棋に勝てば欲しいものは何でも手に入った。

名誉も、金も、中卒の俺なんかにゃ大きすぎるほどのものを将棋はくれた。友達も、親代わりの師匠も、恋人も弟子も、将棋がくれたはずだった。

けれど強くなればなるほど………俺は孤独になっていた。

関東の若手にはバケモノのように扱われた。祭神雷と同じだとすら言われた。あの時は反論したけど、今はその通りだなって思う。

きっと俺は雷と同じように、人間として致命的に欠けている。俺は他人より優秀なんじゃなくて、その欠けた部分に将棋が詰まってるだけなんだろう。

あいを信じてる。銀子ちゃんを信じてる。

まだ俺のことを想ってくれてると信じてる。きっと戻って来てくれると信じてる。

だが、同じくらい――

「どうせみんな俺の前からいなくなるんだ!!　強くなればなるほど人間らしい生活からも普通の幸せも離れてくんだよ!!　何年も何年も同じこと繰り返して、ボロボロになって、最後はタイトルも失っちまうんだよ!!　将棋なんて続けてたっていずれ全部なくなっちまうんだよッ!!」

「私がいる」

「…………えぇ？」

ワタシガイル？　どういう意味？

ポカンとしてる俺に向かってイライラと天衣は舌打ちすると、

「はっ！　じれったいわねぇ！　よく聞きなさい、このクズッ!!」

そして両手で俺の胸ぐらを掴み、布団から引きずり出して、こう言った。

「私が一緒に暮らしてあげるって言ってるのよ」

そこまで言われてようやく俺は気付いた。

天衣の唇が、真っ青なことに。

小さなその肩に、長い黒髪に……睫毛にすら、粉のような雪が降り積もっていることに。

まるで…………ずっとアパートの前の路上からこの部屋を見上げていたかのように……。

「……………………私じゃ、だめ…………？」

ああ……そうか……。

俺はこのとき初めて、夜叉神天衣という少女の、本当の姿に気付いたんだ。

大切な人たちが突然、目の前から消えてしまった喪失感。

将棋に逃げるしかなくて、けれど将棋だけじゃ絶対に埋まらない絶望的なこの心の空洞を、この子は出会った時からもう抱えていたことに。

だから――――

冷え切った小さなその手を……小刻みに震え続けているその手を、俺は思わず両手で包み込んでいた。

白雪姫も、天使みたいな内弟子もいなくなったこの部屋に現れたのは。

ガラスの靴もプライドも脱ぎ捨てて駆けつけてくれた――――小学生の、シンデレラ。

あとがき

「5巻で終わりにしようと思います」

1巻発売直後に担当さんにそう言ってから5年以上の月日が流れ、今こうして14巻を出させていただけることになりました。

将棋界ではプロ棋士・女流棋士ともにタイトルの数が8となり、新型コロナウイルスの影響によって対局中はマスク着用が基本となっています。

『りゅうおうのおしごと！』はこれまで現実の将棋界で起きたエピソードを下敷きにして書いてきました。

しかしこの5年間で私の予想を超えることがあまりにもたくさん起こったため、様々な面で軌道修正を迫られたり、現実とは異なる設定で進むことになったり、おまけにその現実のほうが明らかに面白そうで自信を失ったり……。

5年という月日は、多くのものを変えてしまいました。

ただ……5年たっても変わらなかったのは、自分が本当に書きたいと思い描いていた、ラストシーン。

一度は諦めたそのシーンを書くことができるという幸せを決して忘れず、この最終章も最後の1ページまで全力を尽くして書き進めていきます！